汪 曾 祺
自编文集

梁由之 主编

草花集

汪曾祺 著

上海三联书店

新版前言

梁由之

一

据汪曾祺先生的子女汪朗、汪明、汪朝统计，老头儿一辈子，自行编定或经他认可由别人编选的集子，拢共出了二十七种。严格一点，不妨将前者称为"汪曾祺自编文集"。

自编文集，文体比较单纯：基本都是短篇小说、散文和随笔，偶有一点新、旧体诗，还有一本文论集，一本人物小传。时间跨度，却大得出奇：第一本跟第二本，隔了十余年；第二本跟第三本，又隔了差不多二十年；第一本小说集《邂逅集》跟第一本散文集《蒲桥集》，更是隔了整整四十年。……谁实为之，孰令致之？说来话长，不说也罢。汪先生享年七十七岁，1987年之前的六十六年，他仅出了四本书。汪氏曾自我检讨说：我写得太少了！

1987年始，汪老进入生命的最后十年。这十年，就数量而论，是他创作的高峰期，占平生作品泰半。同时，也是出书的高峰期。除1990年、1991年两年是空白外，每年都有新书面世。1993年、1995年，更是臻于顶峰，合计接近两位数。这固然反映了汪先生的作品受到各方热烈欢迎乃至追捧，但也不可避免地导致若干集子重复的篇什较多——这似乎是一个悖论，并非个别现象。

我曾写道：

> 无缘亲炙汪曾祺先生，梁某引为毕生憾事。他的作品，是我的至爱。读汪三十余年，兀自兴味盎然，爱不释手。深感欣慰的是，吾道不孤，在文学市场急剧萎缩的时代大背景下，汪老的作品却是个难得的异数，各种新旧选本层出不穷，汪粉越来越多。在平淡浮躁的日常生活中，沾溉一点真诚朴素的优雅、诗意和美感，大约是心灵的内在需求罢。

那么，有无必要与可能，出版一套比较系统、完整、真实的"汪曾祺自编文集"，提供给市场和读者呢？答案是肯定的。

汪老去世已逾二十一年，自编文集旧版市面上早已不见踪影，一书难求。倒也间或出过几种新版，但东零西碎，不成气候。个别相对整齐些的，内容却肆意增删，力度颇大，抽换少则几篇，多则达到十余篇甚至二十多篇，旧名新书，面目全非，是一种名实不副不伦不类的奇葩版本。我一直认为，既然是作者自编文集，他人就不要、不必且不能擅改。至于集子本身的缺憾，任何版本，皆在所难免，读者各凭所好就好。

本系列新版均据汪老当年亲自编定的版本排印，书名、序跋、篇目、原注，一仍其旧，原汁原味。只对个别明显的舛误予以订正。加印作者所写的序跋，均作为附录。这套货真价实如假包换的"汪曾祺自编文集"，相信自有其独特的价值和生命力。

二

《草花集》是本小册子，专收散文。除例有的自序外，仅收短文二十九篇。首印却可能创造了汪氏作品的一个记录：三万册。在"自序"中，汪老就书名及本书的择文，做了幽默风趣又别具况味的解释和解说，请自行参看。本版订正了几处误植，不赘。

新版据成都出版社1993年9月版印制。

2018年12月5日，夏历戊戌十月廿八，记于深圳天海楼。

目　录

自　序

　　我曾给《中国作家》画了一幅画，另题了一首诗。诗如下：

　　　　我有一好处，
　　　　平生不整人。
　　　　写作颇勤快，
　　　　人间送小温。
　　　　或时有佳兴，
　　　　伸纸画暮春。
　　　　草花随目见，
　　　　鱼鸟略似真。
　　　　只可自怡悦，
　　　　不堪持赠君。
　　　　君若亦欢喜，
　　　　携归尽一樽。

"草花"需要做一点解释。"草花"就是"草花"，不是"花草"的误写。北京人把不值钱的，容易种的花叫"草花"，如"死不了"、野茉莉、瓜叶菊、二月蓝、西番莲、金丝荷叶……"草花"是和牡丹、芍药、月季这些名贵的花相对而言的。草花也大都是草本。种这种花的都是寻常百姓家，不是高门大户。种花的盆也不讲究。有的种在盆里，有的竟是一个裂了缝的旧砂锅，甚至是旧木箱、破抽屉，能盛一点土就得。辛苦了一天，找个阴凉地方，端一个马扎或是折脚的藤椅，沏一壶茶，坐一坐，看看这些草花，闻闻带有青草气的草花的淡淡的香味，也是一种乐趣。我的散文多轻贱平常。因为出版社要求文章短小，一些篇幅较长，有点分量的散文都未选。于是这个集子就更加琐碎了。这真像北京人所说的"草花"，因名之为《草花集》。

　　散文是"家常的"文体，可以写得随便一些。但是散文毕竟是散文。我并不赞成什么内容都可以写进散文里去，什么文章都可以叫作散文，正如草花还是花，不是狗尾巴草。我这一集里的文章可能有一些连草花也够不上，只是一把狗尾巴草。那，就请择掉。

　　　　　　　　　一九九三年六月二十一日

四川杂忆

成　都

在我到过的城市里，成都是最安静，最干净的。在宽平的街上走走，使人觉得很轻松，很自由。成都人的举止言谈都透着悠闲。这种悠闲似乎脱离了时代，以致何其芳在抗日战争时期觉得这和抗战很不协调，写了一首长诗：《成都，让我来把你摇醒》。

成都并不总是似睡不醒的。"文化大革命"中也很折腾了一气。我六十年代初、七十年代、八十年代，都到过成都。最后一次到成都，成都似乎变化不大，但也留下一些"文化大革命"的痕迹。最明显的原来市中心的皇城叫刘结挺、张西挺炸掉了。当时写了一首诗：

> 柳眠花重雨丝丝，
> 劫后成都似旧时。

独有皇城今不见，

刘张霸业使人思。

　　武侯祠大概不是杜甫曾到过的武侯祠了，似乎也不见霜皮溜雨、黛色参天的古柏树，但我还是很喜欢现在的武侯祠。武侯祠气象森然，很能表现武侯的气度。这是我所到过的祠堂中最好的。这是一个祠，不是庙，也不是观，没有和尚气、道士气。武侯塑像端肃，面带深思。两廊配享的蜀之文武大臣，武将并不剑拔弩张，故作威猛，文臣也不那么飘逸有神仙气，只是一些公忠谨慎的国之干城，一些平常的"人"。武侯祠的楹联多为治蜀的封疆大员所撰写，不是吟风弄月的名士所写，这增加了祠的典重。毛主席十分欣赏的那副长联："能攻心则反侧自消，从古知兵非好战；不审势即宽严皆误，后来治蜀要深思"，确实写得很得体，既表现了武侯的思想，也说出撰联大臣的见识。在祠堂对联中，可算得是写得最好的。

　　我不喜欢杜甫草堂，杜甫的遗迹一点也没有，为秋风所破的茅屋在哪里？老妻画纸，稚子敲针在什么地方？杜甫在何处看见细雨鱼儿出，微风燕子斜？都无从想象。没有桤木，也没有大邑青瓷。

眉 山

三苏祠即旧宅为祠。东坡文云："家有五亩之园"，今略广，占地约八亩。房屋疏朗，三径空阔，树木秀润。因为是以宅为祠，使人有更多的向往。廊子上有一口井，云是苏氏旧物，现在还能打得上水来。井以红砂石为栏，尚完好。大概苏家也不常用这个井，否则，红砂石石质疏松，是会叫井绳磨出道道的。园之右侧有花坛，种荔枝一棵。据说东坡离家时，乡人栽了一棵荔枝，要等他回来吃。苏东坡流谪在外，终于没有吃到家乡的荔枝。东坡酷嗜荔枝，日啖三百颗，但那是广东荔枝。从海南望四川，连"青山一发"也看不见。"不辞长作岭南人"，其言其实是酸苦的。当年乡人所种的荔枝，早已枯死，后来补种了几次。现存的这一棵据说是明代补种的，也已经半枯了，正在设法抢救。祠中有个陈列室，搜集了苏东坡集的历代版本，平放在玻璃橱里。这一设计很能表现四川人的文化素养。

离眉山，往乐山，车中得诗：

当日家园有五亩，

至今文字重三苏。

红栏旧井犹堪汲，

丹荔重栽第几株？

乐　山

　　大佛的一只手断掉了，后来补了一只。补得不好，手太长，比例不对。又耷拉着，似乎没有筋骨。一时设计不到，造成永久的遗憾。现在没有办法了，又不能给他做一次断手再植的手术，只好就这样吧。

　　走尽石级，将登山路，迎面有摩崖一方，是司马光的字。司马光的字我见过他写给修《资治通鉴》的局中同人的信，字方方的，笔画颇细瘦。他的大字我还没有见过，字大约七八寸，健劲近似颜体。文曰：

　　　登山亦有道徐行则不蹶　　司马光

　　我每逢登山，总要想起司马光的摩崖大字。这是见道之言，所说的当然不只是登山。

洪椿坪

　　峨眉山风景最好的地方我以为是由清音阁到洪椿坪的一段山路。一边是山，竹树层叠，蒙蒙茸茸。一边是农田。

下面是一条溪，溪水从大大小小黑的、白的、灰色的石块间夺路而下，有时潴为浅潭，有时只是弯弯曲曲的涓涓细流，听不到声音。时时飞来一只鸟，在石块上落定，不停地撅起尾巴。撅起，垂下，又撅起……它为什么要这样？鸟黑身白颊，黑得像墨，不叫。我觉得这就是鲁迅小说里写的张飞鸟。

洪椿坪的寺名我已经忘记了。

入寺后，各处看看。两个五台山来的和尚在后殿拜佛。

这两个和尚我们在清音阁已经认识，交谈过。一个较高，清瘦清瘦的。他是保定人，原来是做生意的，娶过妻，夫妻感情很好。妻子病故，他万念俱灰，四处漫游，到了五台山，就出了家。另一个黑胖结实，完全像一个农民，他原来大概也就是五台山下的农民。他们发愿朝四大名山。已经朝过普陀，朝过峨眉之后，还要去朝九华山。五台山是本山，早晚可以拜佛，不须跋山涉水。他们的食宿旅费是自筹的。和尚每月有一点生活费，积攒了几年，才能完成夙愿。

进庙先拜佛，得拜一百八十拜。那样五体投地地拜一百八十拜，要叫我拜，非拜晕了不可。正在拜着，黑胖和尚忽然站起来飞跑出殿。原来他一时内急，憋不住了，要去如厕。排便之后，整顿衣裤，又接着拜。

晚饭后，在走廊上和一个本庙的和尚闲聊。我问他和尚进庙是不是都要拜一百八十拜。他说都要拜的。"我们到人家庙里，还不是一样要拜！"同时聊天的有几个小青年。一个小青年问："你吃不吃肉？"他说："肉还是要吃的。""喝不喝酒？""酒还是要喝的。"我没想到他如此坦率，他说，"文化大革命"把他们赶下山去，结了婚，生了孩子，什么规矩也没有了。不过庙里的小和尚是不许的。这个和尚四十多岁。天热，他褪下一只僧鞋，把不着鞋的脚在膝上架成二郎腿。他穿的是黄色僧鞋，袜子却是葡萄灰的尼龙丝袜。

两个五台山的和尚天不亮去朝金顶，等我们吃罢早餐，他们已经下来了。保定和尚说他们看到普贤的法相了，在金顶山路转弯处，普贤骑在白象上，前面有两行天女。起先只他一个人看见，他（那个黑胖和尚）看不见，他心里很着急。后来他也看见了。他告诉我们他们在普陀也看到了观音的法相，前面一队白孔雀。保定和尚说："你们是唯物主义者，我们是唯心主义者，我们的话你们不会相信。不过我们干嘛要骗你们？"

下清音阁，我们要去宾馆，两位和尚要去九华山，遂分手。

北温泉

为了改《红岩》剧本，我们在北温泉住了十来天。住数帆楼。数帆楼是一个小宾馆，只两层，房间不多，全楼住客就是我们几个人。数帆楼廊子上一坐，真是安逸。楼外是竹丛，如张岱所常说的："人面一绿"。竹外即嘉陵江。那时嘉陵江还没有被污染，水是碧绿的。昔人诗云："嘉陵江水女儿肤，比似春莼碧不殊"，写出了江水的感觉。听罗广斌说：艾芜同志在廊上坐下，说："我就是这里了！"不知怎么这句话传成了是我说的，"文化大革命"中我曾因为这句话而挨斗过。我没有分辩，因为这也是我的感受。

北温泉游人极少，花木欣荣，凫鸟自乐。温泉浴池门开着，随时可以洗。

引温泉水为渠，渠中养非洲鲫鱼。这是个好主意。非洲鲫鱼肉细嫩，唯恨刺多。每顿饭几乎都有非洲鲫鱼，于是我们每顿饭都带酒去。

住数帆楼，洗温泉浴，饮泸州大曲或五粮液，吃非洲鲫鱼，"文化大革命"不斗这样的人，斗谁？

新　都

新都有桂湖，湖不大，环湖皆植桂，开花时想必香得不得了。

桂湖上有杨升庵祠。祠不大，砖墙瓦顶，无藻饰，很朴素。祠内有当地文物数件。壁上嵌黑石，刻黄氏夫人"雁飞曾不到衡阳"诗，不知是不是手迹。

祠中正准备为杨升庵立像，管理处的负责同志让我们看了不少塑像小样，征求我们的意见。我没有说什么。我是不大赞成给古代的文人造像的。都差不多。屈原、李白、杜甫，都是一个样。在三苏祠后面看了苏东坡倚坐饮酒的石像，我实在不能断定这是苏东坡还是李白。杨升庵是什么长相？曾见陈老莲绘升庵醉后图，插花满头，是个相当魁伟的胖子。陈老莲的画未见得有什么根据。即使有一点根据，在桂湖之侧树一胖人的像，也不大好看。

我倒觉得升庵祠可以像三苏祠一样辟一间陈列室，搜集升庵著作的各种版本放在里面。

杨升庵著作甚多，有七十几种。有人以为升庵考证粗疏，有些地方是臆断。我觉得这毕竟是个很有才华，很有学问的人，而且遭遇很不幸，值得纪念。

曾有题升庵祠诗：

桂湖老桂弄新姿，
湖上升庵旧有祠。
一种风流谁得似，
状元词曲罪臣诗。

大　足

　　云冈石刻古朴浑厚，龙门石刻精神饱满。云冈、龙门的颜色是灰黑色，石质比较粗疏，易风化。云冈风化得很厉害，龙门石佛的衣纹也不那么清晰了。云冈是北魏的，龙门是唐代的。大足石刻年代较晚，主要是宋刻。石质洁白坚硬，极少磨损，刻工风格也与云冈、龙门迥异，其特点是清秀潇洒，很美，一种人间的美，人的美。

　　有人说佛像都是没有性别的、是中性的，分不出是男是女。也许是这样吧。更恰切地说，佛有点女性美。大足普贤像被称为"东方的维纳斯"，其实是不准确的。维纳斯就是西方的，她的美是西方的美。普贤是东方的，他的美是东方的美，普贤是男性（不像观音似的曾化为女身），咋会是维纳斯呢？不过普贤确实有点女性，眉目恬静，如好女子。他戴着花冠，尤易让人误会。

　　"媚态观音"像一个腰肢婀娜的舞女。不过"媚态"二字不大好，说得太露了。

　　"十二圆觉"衣带静垂，但让人觉得圆觉之间，有清风滚动。这组群像的构思有点特别，强调同，而不强调异。十二尊像的相貌、衣着、坐态几乎是一样的。他们都在沉思，但仔细看看，觉得他们各有会心，神情微异。唯此小异，乃成大同，形成一个整体。十二圆觉的门的上面凿出横方窗洞，以受日光，故室内并不昏暗。流泉一道，涓涓下注，流出室外，使空气长新。当初设计，极具匠心。

我见过很多千手观音，都不觉得怎么美。一个人肩背上长出许多胳臂和手，总是不自然。我见过最大的也是最好的千手观音，是承德外八庙的有三层楼高的那一尊。这尊很高的千手观音的好处是胳臂安得比较自然。大足的千手观音我以为是个奇迹。那么多只手（共一千零七只），可是非常自然。这些手是怎样从观音身上长出来的，完全没有交代，只见观音身后有很多手，因为没法交代，所以干脆不交代，这办法太聪明了！但是，你又觉得这确实都是观音的手，菩萨的手。这些手各具表情，有的似在召唤，有的似在指点，有的似在给人安慰……这是富于人性的手。这具千手观音的美学特点是把规整性和随意性结合了起来。石刻，当然是要经过周密的设计的，但是错落参差，不作呆板的对称。手共一千零七只，是个单数，即此可见其随意性。

释迦牟尼涅槃像（俗谓卧佛），佛的面部极为平静，目微睁（常见卧佛合目如甜睡），无爱无欲，无死无生，已寂灭一切烦恼，圆满一切功德，至最高境界。佛像很大，长三十余米，但只刻了佛的头部和胸部，肩和手无交代，下肢伸入岩石，不知所终。佛前刻了佛弟子约十人，不是站成一排，而是有前有后，有的向左，有的向右，弟子服饰皆如中土产；有一个科头鬊发的，似西方人。弟子面微悲戚，但不像有些通俗佛经上所说的号啕擗踊。弟子也只露出半身，腹部以下，在石头里，也不知所终。于有限的空间造无限的境界，大足的佛涅槃像是一个杰作！

川　菜

　　昆明护国路和文明新街有几家四川人开的小饭馆，卖"豆花素饭"和毛肚火锅。卖毛肚的饭馆早起开门后即在门口竖出一块牌子，上写"毛肚开堂"或简单地写两个字："开堂"。晚上封了火，又竖出一块牌子，只写一个字："毕"，简练之至！这大概是从四川带过来的规矩。后来我几次到四川，都不见饭馆门口这样的牌子，此风想已消失。也许乡坝头还能看到。

　　上海有一家相当大的饭馆，叫作"绿杨邨"，以"川菜扬点"为号召。四川菜，扬州包点，确有特色，不过"绿杨邨"的川味已经淡化了。那样强烈的"正宗川味"上海人是吃不消的。

　　一九四八年我在北京沙滩北京大学宿舍里寄住了半年，常去吃一家四川小馆子，就是李一氓同志在《川菜在北京的发展》一文中提到的蒲伯英回川以后留下的他家里的厨师所开的，许倩云和陈书舫都去吃过的那一家。这家馆子实在很小，只有三四张小方桌，但是菜味很纯正。李一氓同志以为有的菜比成都的还要做得好。我其时还没有去过成都，无从比较。我们去时点的菜只是回锅肉、鱼香肉丝之类的大路菜。这家的泡菜很好吃。

川菜尚辣。我六十年代住在成都一家招待所里，巷口有一个饭摊。一大桶热腾腾的白米饭，长案上有七八样用海椒拌得通红的辣咸菜。一个进城卖柴的汉子坐下来，要了两碟咸菜，几筷子就扒进了三碗"帽儿头"。我们剧团到重庆体验生活，天天吃辣，辣得大家害怕了，有几个年轻的女演员去吃汤圆，进门就大声说："不要辣椒！"么师傅冷冷地说："汤圆没有放辣椒的！"川味辣，且麻。重庆卖面的小馆子的白粉墙上大都用黑漆写三个大字："麻、辣、烫"。川花椒，即名为"大红袍"者确实很香，非山西、河北花椒所可及。吴祖光曾请黄永玉夫妇吃毛肚火锅。永玉的夫人张梅溪吃了一筷，问："这个东西吃下去会不会死的哟？"川菜麻辣之最者大概要数水煮牛肉。川剧名丑李文杰曾请我们在政协所办的餐厅吃饭，水煮牛肉上来，我吃了一大口，把我噎得透不过气来。

四川人很会做牛肉。赵循伯曾对我说："有一盘干煸牛肉丝，我能吃三碗饭！"灯影牛肉是一绝。为什么叫"灯影牛肉"？有人说是肉片薄而透明，隔着牛肉薄片，可以照见灯影。我觉得"灯影"即皮影戏的人形，言其轻薄如皮影人也。《东京梦华录》有"影戏犯"，就是这样的东西。宋人所说的"犯"，都是干的或半干的肉的薄片。此说如可成立，则灯影牛肉已经有好几百年的历史了。

成都小吃谁都知道，不说了。"小吃"者不能当饭，如四川人所说，是"吃着玩的"。有几个北方籍的剧人去吃红油水饺，每人要了十碗，幺师傅听了，鼓起眼睛。

川　剧

有一位影剧才人说过一句话："你要知道一个人的欣赏水平高低，只要问他喜欢川剧还是喜欢越剧。"有一次我在青羊艺术剧院看川剧，台上正在演《做文章》，池座的薄暗光线中悄悄进来两个人，一看，是陈老总和贺老总。那是夏天，老哥儿俩都穿了纺绸衬衫，一人手里一把芭蕉扇。坐定之后，陈老总一看邻座是范瑞娟，就大声说："范瑞娟，你看我们的川剧怎么样啊？"范瑞娟小声说："好！"这二位老师看来是以家乡戏自豪的——虽然贺老总不是四川人。

川剧文学性高，像"月明如水浸楼台"这样的唱词在别的剧种里是找不出来的。

川剧有些戏很美，比如《秋江》《踏伞》。

有些戏悲剧性强，感情强烈，如《放裴》《刁窗》《打神告庙》。《箭射马踏》写女人的嫉妒令人震颤。我看过阳友鹤和曾荣华的《铁笼山》，戏剧冲突如此强烈，我当时觉得这是莎士比亚！

川剧喜剧多，而且品位极高，是真正的喜剧。像《评雪辨踪》这样带抒情性的喜剧，我在别的剧种里还没有见过。别的剧种移植这出戏就失去了原来的诗意。同样，改编的《秋江》也只保存了身段动作，诗意少了。川剧喜剧的诗意跟语言密不可分。四川话是中国最生动的方言之一。比如《秋江》的对话：

> 陈姑：嗳！
>
> 艄翁：那么高了，还矮呀！
>
> 陈姑：唉！
>
> 艄翁：飞远了，按不到了！

不懂四川话就体会不到妙处。

川丑都有书卷气。李文杰告诉我，进科班学丑，先得学三年小生。这是非常有道理的。川丑不像京剧小丑那样粗俗，如北京人所说"胳肢人"或上海人所说的"硬滑稽"，往往是闲中作色，轻轻一笔，使人越想越觉得好笑。比如《拉郎配》的太监对地方官宣读圣旨之后，说："你们各自回衙理事。"他以为这是在他的府第里，完全忘了这是人家的衙门。老公的颟顸糊涂真令人忍俊不禁。川剧许多丑戏并不热闹，倒是"冷淡清灵"的。像《做文章》这样的戏，京剧的丑是没法演的。《文武打》，京剧丑角会以为这不叫个戏。

　　川剧有些手法非常奇特，非常新鲜。《梵王官》耶律含嫣和花云一见钟情，久久注视，目不稍瞬，耶律含嫣的妹妹（？）把他们两人的视线拉在一起，拴了个扣儿，还用手指在这根"线"上嘣嘣嘣弹三下。这位小妹捏着这根"线"向前推一推，耶律含嫣和花云的身子就随着向前倾，把"线"向后拖一拖，两人就朝后仰。这根"线"如此结实，实是奇绝！耶律含嫣坐车，她觉得推车的是花云，回头一看，不是！是个老头子，上唇有一撮黑胡子。等她扭过头，是花云！车夫是演花云的同一演员扮的。这撮小胡子可以一会儿出现，一会儿消失（胡子消失是演员含进嘴里了）。用这样的方法表现耶律含嫣爱花云爱得精神恍惚，瞧谁都像花云。耶律含嫣的心理状态不通过旦角的唱念来表现，却通过车夫的小胡子变化来表现，化抽象为具象，这种手法，除了川剧，我还没有见过，而且绝对想不出来。想出这种手法的，能不说他是个天才么？

　　有人说中国戏曲比较接近布莱希特体系，主要指中国戏曲的"间离效果"。我觉得真正有意识地运用"间离效果"的是川剧。川剧不要求观众完全"入戏",保持清醒,和剧情保持距离。川剧的帮腔在制造"间离效果"上起了很大作用。帮腔者常常是置身局外的旁观者。我曾在重庆看过一出戏(剧名已忘),两个奸臣在台上对骂,一个说:"你混蛋!"另一个说:"你混蛋!"帮腔的高声唱道:"你两个都混蛋嗻……"他把观众对俩人的评论唱出来了!

新校舍

西南联大的校舍很分散。有一些是借用原先的会馆、祠堂、学校，只有新校舍是联大自建的，也是联大的主体。这里原来是一片坟地。坟主的后代大都已经式微或他徙了，联大征用了这片地并未引起麻烦。有一座校门，极简陋，两扇大门是用木板钉成的，不施油漆，露着白茬。门楣横书大字："国立西南联合大学"。进门是一条贯通南北的大路。路是土路，到了雨季，接连下雨，泥泞没足，极易滑倒。大路把新校舍分为东西两区。

路以西，是学生宿舍。土墼墙，草顶。两头各有门。窗户是在墙上留出方洞，直插着几根带皮的树棍。空气是很流通的，因为没有人爱在窗洞上糊纸，当然更没有玻璃。昆明气候温和，冬天从窗洞吹进一点风，也不要紧。宿舍是大统间，两边靠墙，和墙垂直，各排了十张双层木床。一张床睡两个人，一间宿舍可住四十人。我没有留心过这样的宿舍共有多少间。我曾在二十五号宿舍住过两年。二十五号不是最后一号。如果以三十间计，则新校舍可住一千二百人。联大学生约三千人，工学院住在拓东路迤西会馆；女生住"南院"，新校舍住的是文、理、法三院的男生。估计起来，可以住得下。学生并不老老实实地让双层床靠墙直放，向右看齐，不少人给它重新组合，把三张床拼成一个 U 字，外面挂上旧床单或钉上纸板，就成了一个独立天地，屋中之屋。结邻而居的，多是谈得来的同学。也有的不是自己选择的，是学校派定的。我在二十五号宿舍住的时候，睡靠门的上铺，和下铺的一位同学几乎没有见过面。他是历史系的，姓刘，河南人。他是个农家子弟，到昆明来考大学是由河南自己挑了一担行李走来的。——到昆明来考联大的，多数是坐公共汽车来的，乘滇越铁路火车来的，但也有利用很奇怪的交通工具来的。物理系有个姓应的学生，是自己买了一头毛驴，从西康骑到昆明来的。我和历史系同学怎么会没有见过面呢？他是个很用功的老实学生，每天黎明即起，到树林里去读书。我是个夜猫子，天亮才回床睡觉。一般说，学生搬动床位，调换宿舍，学校是不管的，从来也没有办事职员来查看过。有人占了一个床位，却终年不来住。也有根本不是联大的，却在宿舍里住了几年。有一个青年小说家曹卣，——他很年轻时就在《文学》这样的大杂志上发表过小说，他是同济大学的，却住在二十五号宿舍。也不到同济上课，整天在二十五号写小说。

　　桌椅是没有的。很多人去买了一些肥皂箱。昆明肥皂箱很多，也很便宜。一般三个肥皂箱就够用了。上面一个，面上糊一层报纸，是书桌。下面两层放书，放衣物，这就书橱、衣柜都有了。椅子？——床就是。不少未来学士在这样的肥皂箱桌面上写出了洋洋洒洒的论文。

　　宿舍区南边，校门围墙西侧以里，是一个小操场。操场上有一副单杠和一副双杠。体育主任马约翰带着大一学生在操场上上体育课。马先生一年四季只穿一件衬衫，一件西服上衣，下身是一条猎裤，从不穿毛衣、大衣。面色红润，连光秃秃的头顶也红润，脑后一圈雪白的卷发。他上体育课不说中文，他的英语带北欧口音。学生列队，他要求学生必须站直："Boys！ You must keep your body straight！"我年轻时就有点驼背，始终没有 straight 起来。

　　操场上有一个篮球场，很简陋。遇有比赛，都要临时画线，现结篮网，但是很多当时的篮球名将如唐宝华、牟作云……都在这里展过身手。

　　大路以东，有一条较小的路。这条路经过一个池塘，池塘中间有一座大坟，成为一个岛。岛上开了很多野蔷薇，花盛时，香扑鼻。这个小岛是当初规划新校舍时特意留下的。于是成了一个景点。

　　往北，是大图书馆。这是新校舍唯一的瓦顶建筑。每天一早，就有一堆学生在外面等着。一开门，就争先进去，抢座位（座位不很多），抢指定参考书（参考书不够用）。晚上十点半钟，图书馆的电灯还亮着，还有很多学生在里面看书。这都是很用功的学生。大图书馆我只进去过几次。这样正襟危坐，集体苦读，我实在受不了。

图书馆门前有一片空地。联大没有大会堂，有什么全校性的集会便在这里举行。在图书馆关着的大门上用摁钉摁两面党国旗，也算是会场。我入学不久，张清常先生在这里教唱过联大校歌（校歌是张先生谱的曲），学唱校歌的同学都很激动。每月一号，举行一次"国民月会"，全称应是"国民精神总动员月会"，可是从来没有人用全称，实在太麻烦了。国民月会有时请名人来演讲，一般都是梅贻琦校长讲讲话。梅先生很严肃，面无笑容，但说话很幽默。有一阵昆明闹霍乱，梅先生劝大家不要在外面乱吃东西，说："有一位同学说，'我吃了那么多次，也没有得过一次霍乱。'这种事情是不能有第二次的。"开国民月会时，没有人老实站着，都是东张西望，心不在焉。有一次，我发现青天白日满地红的国旗的太阳竟是十三只角（按规定应是十二只）！

"一二·一惨案"（国民党军队枪杀三位同学、一位老师）发生后，大图书馆曾布置成死难烈士的灵堂，四壁都是挽联，灵前摆满了花圈，大香大烛，气氛十分肃穆悲壮。

那两天昆明各界前来吊唁的人络绎于途。

大图书馆后面是大食堂。学生吃的饭是通红的糙米，装在几个大木桶里，盛饭的瓢也是木头的，因此饭有木头的气味。饭里什么都有：砂粒、耗子屎……被称为"八宝饭"。八个人一桌，四个菜，装在酱色的粗陶碗里。菜多盐而少油。常吃的菜是煮芸豆，还有一种叫作魔芋豆腐的灰色的凉粉似的东西。

大图书馆的东面，是教室。土墙，铁皮顶。铁皮上涂了一层绿漆。有时下大雨，雨点敲得铁皮丁丁当当地响。教室里放着一些白木椅子。椅子是特制的，右手有一块羽毛球拍大小的木板，可以在上面记笔记。椅子是不固定的，可以随便搬动，从这间教室搬到那间。吴宓先生上"红楼梦研究"课，见下面有女生没有坐下，就立即走到别的教室去搬椅子。一些颇有骑士风度的男同学于是追随吴先生之后，也去搬。到女同学都落座，吴先生才开始上课。

我是个吊儿郎当的学生，不爱上课。有的教授授课是很严格的。教西洋通史（这是文学院必修课）的是皮名举。他要求学生记笔记，还要交历史地图。我有一次画了一张马其顿王国的地图，皮先生在我的地图上批了两行字："阁下所绘地图美术价值甚高，科学价值全无。"第一学期期终考试，我得了三十七分。第二学期我至少得考八十三分，这样两学期平均，才能及格，这怎么办？到考试时我拉了两个历史系的同学，一个坐在我的左边，一个坐在我的右边。坐在右边的同学姓钮，左边的那个忘了。我就抄左边的同学一道答题，又抄右边的同学一道。公布分数时，我得了八十五，及格还有富余！

朱自清先生教课也很认真。他教我们宋诗。他上课时带一沓卡片，一张一张地讲。要交读书笔记，还有月考、期考。我老是缺课，因此朱先生对我印象不佳。

多数教授讲课很随便。刘文典先生教《昭明文选》，一个学期才讲了半篇木玄虚的《海赋》。

闻一多先生上课时，学生是可以抽烟的。我上过他的"楚辞"。上第一课时，他打开高一尺又半的很大的毛边纸笔记本，抽上一口烟，用顿挫鲜明的语调说："痛饮酒，熟读《离骚》——乃可以为名士。"他讲唐诗，把晚唐诗和后期印象派的画联系起来讲。这样讲唐诗，别的大学里大概没有。闻先生的课都不考试，学期终了交一篇读书报告即可。

唐兰先生教词选，基本上不讲。打起无锡腔调，把词"吟"一遍："'双鬓隔香红啊——玉钗头上风……'好！真好！"这首词就算讲过了。

西南联大的课程可以随意旁听。我听过冯文潜先生的美学。他有一次讲一首词：

汴水流，

泗水流，

流到瓜洲古渡头，

吴山点点愁。

冯先生说他教他的孙女念这首词，他的孙女把"吴山点点愁"念成"吴山点点头"，他举的这个例子我一直记得。

吴宓先生讲"中西诗之比较"，我很有兴趣地去听。不料他讲第一首诗却是：

一去二三里，

烟村四五家，

楼台六七座，

八九十枝花。

我不好好上课，书倒真也读了一些。中文系办公室有一个小图书馆，通称系图书馆。我和另外一两个同学每天晚上到系图书馆看书。系办公室的钥匙就由我们拿着，随时可以进去。系图书馆是开架的，要看什么书自己拿，不需要填卡片这些麻烦手续。有的同学看书是有目的有系统的。一个姓范的同学每天摘抄《太平御览》。我则是从心所欲，随便瞎看。我这种乱七八糟看书的习惯一直保持到现在。我觉得这个习惯挺好。夜里，系图书馆很安静，只有哲学心理系有几只狗怪声噪叫——一个教生理学的教授做实验，把狗的不同部位的神经结扎起来，狗于是怪叫。有一天夜里我听到墙外一派鼓乐声，虽然悠远，但很清晰。半夜里怎么会有鼓乐声？只能这样解释：这是鬼奏乐。我确实听到的，不是错觉。我差不多每夜看书，到鸡叫才回宿舍睡觉。——因此我和历史系那位姓刘的河南同学几乎没有见过面。

新校舍大门东边的围墙是"民主墙"。墙上贴满了各色各样的壁报，左、中、右都有。有时也有激烈的论战。有一次三青团办的壁报有一篇宣传国民党观点的文章，另一张"群社"编的壁报上很快就贴出一篇反驳的文章，批评三青团壁报上的文章是"咬着尾巴兜圈子"。这批评很尖刻，也很形象。"咬着尾巴兜圈子"是狗。事隔近五十年，我对这一警句还记得十分清楚。当时有一个"冬青社"（联大学生社团甚多），颇有影响。冬青社办了两块壁报，一块是《冬青诗刊》，一块就叫《冬青》，是刊载杂文和漫画的。冯友兰先生、查良钊先生、马约翰先生，都曾经被画进漫画。冯先生、查先生、马先生看了，也并不生气。

除了壁报，还有各色各样的启事。有的是出让衣物的。大都是八成新的西服、皮鞋。出让的衣物就放在大门旁边的校警室里，可以看货付钱。也有寻找失物的启事，大都写着："鄙人不慎，遗失了什么东西，如有捡到者，请开示姓名住处，失主即当往取，并备薄酬。"所谓"薄酬"，通常是五香花生米一包。有一次有一位同学贴出启事："寻找眼睛。"另一位同学在他的启事标题下用红笔画了一个大问号。他寻找的不是"眼睛"，是"眼镜"。

新校舍大门外是一条碎石块铺的马路。马路两边种着高高的尤加利树（即桉树，云南到处皆有）。

马路北侧，挨新校的围墙，每天早晨有一溜卖早点的摊子。最受欢迎的是一个广东老太太卖的煎鸡蛋饼。一个瓷盆里放着鸡蛋加少量的水和成的稀面，舀一大勺，摊在平铛上，煎熟，加一把葱花。广东老太太很舍得放猪油。鸡蛋饼煎得两面焦黄，猪油吱吱作响，喷香。一个鸡蛋饼直径一尺，卷而食之，很解馋。

晚上，常有一个贵州人来卖馄饨面。有时馄饨皮包完了，他就把馄饨馅拨在汤里下面。问他："你这叫什么面？"贵州老乡毫不迟疑地说："桃花面！"

马路对面常有一个卖水果的。卖桃子，"面核桃"和"离核桃"，卖泡梨——糖梨泡在盐水里，梨肉转为极嫩、极脆。

晚上有时有云南兵骑马由东面驰向西面，马蹄铁敲在碎石块的尖棱上，迸出一朵朵火花。

有一位曾在联大任教的作家教授在美国讲学。美国人问他：西南联大八年，设备条件那样差，教授、学生生活那样苦，为什么能出那样多的人才？——有一个专门研究联大校史的美国教授以为联大八年，出的人才比北大、清华、南开三十年出的人才都多。为什么？这位作家回答了两个字：自由。

严子陵钓台

　　我小时即对桐庐向往，因为看过影印的黄子久的《富春山居图》，知道那里有个严子陵钓台，还听过一个饶有情趣的故事：严子陵和汉光武帝同榻，把脚丫子放在刘秀的肚子上，弄得观察天文的太史大惊失色，次日奏道："昨天晚上客星犯帝座"……因此，友人约做桐庐小游，便欣然同意。

　　桐庐确实很美。吴均《与宋元思书》是古今写景名作。"自富阳至桐庐一百里许，奇山异水，天下独绝"，并非虚语。严子陵是余姚人，为什么会跑到桐庐来钓鱼？我想大概是因为这里的风景好。蔡襄说："清风敦薄俗，岂是爱林泉。"恐怕"敦薄俗"是客观效果，"爱林泉"是主观愿望。

　　中国叫钓鱼台的地方很多，钓鱼为什么要有个台？据我的经验，钓鱼无一定去处，随便哪里一蹲即可，最多带一个马扎子坐坐，没见过坐在台上钓鱼的。"钓鱼台"

多半是假的。严子陵钓台在富春江边山上，山有东西两台。西台是谢翱恸哭天祥处，东台即子陵钓台。严子陵怎么会到山顶上钓鱼呢？那得多长的钓竿，多长的钓丝？袁宏道诗："溪深六七寻，山高四五里，纵有百尺钩，岂能到潭底？"诗有哲理，也很幽默。唐人崔儒《严先生钓台记》就提出："吕尚父不应饵鱼，任公子未必钓鳌，世人名之耳。钓台之名，亦犹是乎？"这是很有见地的话。死乞白赖地说这里根本不是严子陵钓台，或者死气白赖地去考证严子陵到底在哪里垂钓，这两种人都是"傻帽"。

对严子陵这个人到底该怎么看？

中国历史上有两个有名的钓鱼人，一个是姜太公，一个是严子陵。王世贞《钓台赋》说"渭水钓利，桐江钓名"，这说得有点刻薄。不过严子陵确是有争议的人物。

他的事迹很简单，《后汉书》有传。大略谓：严光……少有高名，与光武同游学。及光武即位，乃变姓名，隐身不见。帝思其贤，令物色访之，后齐国上言，有一男子，披羊裘钓泽中，帝疑是光……《后汉书》未说明这是什么季节，但后来写诗的大都认为这是夏天。盛暑披裘，是因为没有钱，换不下季来？还是"心静自然凉"，不怕热？无从猜测。于是，"乃备安车玄纁遣使聘之，三反而后至，舍于北军"。他是住在警备部队营房里的。刘秀派了司徒侯霸去看他，希望他晚上进宫去和刘秀说说话。严光不答，只口授了一封给刘秀的信，信只两句："怀仁辅义天下悦，阿谀顺旨要领绝。"刘秀说"狂奴故态也"。于是，当天就亲自去看他。严光躺着不起来，刘秀就在他的卧所，摸摸严光的肚子，说："咄咄子陵，不可相助为理耶？"严光不应，过了好一会儿，才张开眼睛看了光武帝，说："昔唐尧著德，巢父洗耳，士故有志，何至相迫乎？"帝曰："子陵，我竟不能下汝耶！"于是叹息而去。过两天，又带严子陵进宫叙旧，这回倒是聊了很长时间，聊困了，"因共偃卧。光以足加帝腹上"。刘秀则抚摸严子陵的肚子，严子陵以足加帝腹，他们确实到了忘形的地步，君臣之间如此，很不容易。

刘秀封了严子陵一个官，谏议大夫。他不受。乃耕于富春山。建武十七年复特征，不至。年八十，终于家。

刘秀有《与严子陵书》，不知是哪一年写的，文章实在写得好，"古大有为之君，必有不召之臣，朕何敢臣子陵哉，惟此鸿业，若涉春冰，譬之疮痏须杖而行。若绮里不少高皇，奈何子陵少朕也。箕山颍水之风，非朕所敢望。"汉人文章多短峭而情致宛然。光武此书，亦足以名世。

对于严子陵，有不以为然的。说得直截了当的是元代的贡师泰："百战山河血未干，汉家宗社要重安。当时尽著羊裘去，谁向云台画里看？"说得很清楚，都像你们的反穿皮袄当隐士，这个国家谁来管呢？刘基的诗前两句比较委婉："伯夷请节太公功，出处行藏岂必同。"后两句即讽刺得很深刻："不是云台兴帝业，桐江无用一丝风！"刘伯温是帮助朱元璋打天下的，他当然不赞成严子陵的做法。

对严子陵颂扬的诗文甚多，不具引。最有名的是范仲淹的《严先生祠堂记》。范仲淹有两篇有名的"记"，一篇是《岳阳楼记》，一篇便是《严先生祠堂记》。此记最后的四句歌尤为千载传诵："云山苍苍，江水泱泱。先生之风，山高水长。"范仲淹是政治家，功业甚著，他主张"先天下之忧而忧，后天下之乐而乐"，是很入世的，为什么又这样称颂严子陵这样出世的隐士呢？想了一下，觉得这是范仲淹衡量读书人的两种尺度，也是中国知识分子的两面。这两面常常同时存在于一个人的身上：立功与隐逸，或者各偏于一面，也无不可。范仲淹认为严子陵的风格可以使"贪夫廉，懦夫立，是大有功于名教也"。我想即到今天，这对人的精神还是有作用的。

沽　源

　　沙岭子农业科学研究所派我到沽源的马铃薯研究站去画马铃薯图谱。我从张家口一清早坐上长途汽车，近晌午时到沽源县城。

　　沽源原是一个军台。军台是清代在新疆和蒙古西北两路专为传递军报和文书而设置的邮驿。官员犯了罪，就会被皇上命令"发往军台效力"。我对清代官制不熟悉，不知道什么品级的官员，犯了什么样的罪名，就会受到这种处分，但总是很严厉的处分，和一般的贬谪不同。然而据龚定庵说，发往军台效力的官员并不到任，只是住在张家口，花钱雇人去代为效力。我这回来，是来画画的，不是来看驿站送情报的，但也可以说是"效力"来了，我后来在带来的一本《梦溪笔谈》的扉页上画了一方图章："效力军台"，这只是跟自己开开玩笑而已，并无很深的感触。我戴了右派分子的帽子，只身到塞外——这地方在外长城北侧，可真正是"塞外"了——来画山药（这一带人都把马铃薯叫作"山药"），想想也怪有意思。

沽源在清代一度曾叫"独石口厅"，龚定庵说他"北行不过独石口"，在他看来，这是很北的地方了。这地方冬天很冷。经常到口外揽工的人说："冷不过独石口。"据说去年下了一场大雪，西门外的积雪和城墙一般高。我看了看城墙，这城墙也实在太矮了点，像我这样的个子，一伸手就能摸到城墙顶了。不过话说回来，一人多高的雪，真够大的。

这城真够小的。城里只有一条大街。从南门慢慢地溜达着，不到十分钟就出北门了。北门外一边是一片草地，有人在套马；一边是一个水塘，有一群野鸭子自自在在地浮游。城门口游着野鸭子，城中安静可知。城里大街两侧隔不远种一棵树——杨树，都用土墼围了高高的一圈，为的是怕牛羊啃吃，也为了遮风，但都极瘦弱，不一定能活。在一处墙角竟发现了几丛波斯菊，这使我大为惊异了。波斯菊在昆明是很常见的。每到夏秋之际，总是开出很多浅紫色的花。波斯菊花瓣单薄，叶细碎如小茴香，茎细长，微风吹拂，姗姗可爱。我原以为这种花只宜在土肥雨足的昆明生长，没想到它在这少雨多风的绝塞孤城也活下来了。当然，花小了，更单薄了，叶子稀疏了，它，伶仃萧瑟了。虽则是伶仃萧瑟，它还是竭力地放出浅紫浅紫的花来，为这座绝塞孤城增加了一分颜色，一点生气。

谢谢你，波斯菊！

我坐了牛车到研究站去。人说世间"三大慢"：等人、钓鱼、坐牛车。这种车实在太原始了，车轱辘是两个木头饼子，本地人就叫它"二饼子车"。真叫一个慢。好在我没有什么急事，就躺着看看蓝天；看看平如案板一样的大地——这真是"大地"，大得无边无沿。

我在这里的日子真是逍遥自在之极。既不开会，也不学习，也没人领导我。就我自己，每天一早蹚着露水，掐两丛马铃薯的花，两把叶子，插在玻璃杯里，对着它一笔一笔地画。上午画花，下午画叶子——花到下午就蔫了。到马铃薯陆续成熟时，就画薯块，画完了，就把薯块放到牛粪火里烤熟了，吃掉。我大概吃过几十种不同样的马铃薯。据我的品评，以"男爵"为最大，大的一个可达两斤；以"紫土豆"味道最佳，皮色深紫，薯肉黄如蒸栗，味道也似蒸栗；有一种马铃薯可当水果生吃，很甜，只是太小，比一个鸡蛋大不了多少。

沽源盛产莜麦。那一年在这里开全国性的马铃薯学术讨论会，与会专家提出吃一次莜面。研究站从一个叫"四家子"的地方买来坝上最好的莜面，比白面还细、还白；请来几位出名的做莜面的媳妇来做。做出了十几种花样，除了"搓窝窝"、"搓鱼鱼"、"猫耳朵"，还有最常见的"压饸饹"，其余的我都叫不出名堂。蘸莜面的汤汁也极精彩，羊肉口蘑淅（这个字我始终不知道怎么写）子。这一顿夜面吃得我终生难忘。

夜雨初晴，草原发亮，空气闷闷的，这是出蘑菇的时候。我们去采蘑菇。一两个小时，可以采一网兜。回来，用线穿好，晾在房檐下。蘑菇采得，马上就得晾，否则极易生蛆。口蘑干了才有香味，鲜口蘑并不好吃，不知是什么道理。我曾经采到一个白蘑。一般蘑菇都是"黑片蘑"，菌盖是白的，菌褶是紫黑色的。白蘑则菌盖菌褶都是雪白的，是很珍贵的，不易遇到。年底探亲，我把这只亲手采的白蘑带到北京，一个白蘑做了一碗汤，孩子们喝了，都说比鸡汤还鲜。

一天，一个干部骑马来办事，他把马拴在办公室前的柱子上。我走过去看看这匹马，是一匹枣红马，膘头很好，鞍鞯很整齐。我忽然意动，把马解下来，跨了上去。本想走一小圈就下来，没想到这平平的细沙地上骑马是那样舒服，于是一抖缰绳，让马快跑起来。这马很稳，我原来难免的一点畏怯消失了，只觉得非常痛快。我十几岁时在昆明骑过马，不想人到中年，忽然做此豪举，是可一记。这以后，我再也没有骑过马。

有一次，我一个人走出去，走得很远。忽然变天了，天一下子黑了下来，云头在天上翻滚，堆着，挤着，绞着，拧着。闪电熠熠，不时把云层照透。雷声訇訇，接连不断，声音不大，不是劈雷，但是浑厚沉雄，威力无边。我仰天看看凶恶奇怪的云头，觉得这真是天神发怒了。我感觉到一种从未体验过的恐惧。我一个人站在广漠无垠的大草原上，觉得自己非常的小，小得只有一点。

我快步往回走。刚到研究站，大雨下来了，还夹有雹子。雨住了，却又是一个很蓝很蓝的天，阳光灿烂。草原的天气，真是变化莫测。

天凉了，我没有带换季的衣裳，就离开了沽源。剩下一些没有来得及画的薯块，是带回沙岭子完成的。

我这辈子大概不会再有机会到沽源去了。

文游台

文游台是我们县首屈一指的名胜古迹。

台在泰山庙后。

泰山庙前有河，曰澄河。河上有一道拱桥，桥很高，桥洞很大。走到桥上，上面是天，下面是水，觉得体重变得轻了，有凌空之感。拱桥之美，正在使人有凌空感。我们每年清明节后到东乡上坟都要从桥上过（乡俗，清明节前上新坟，节后上老坟）。这正是杂花生树，良苗怀新的时候，放眼望去，一切都使人心情舒畅。

澄河产瓜鱼，长四五寸，通体雪白，莹润如羊脂玉，无鳞无刺，背部有细骨一条，烹制后骨亦酥软可吃，极鲜美。这种鱼别处其实也有，有的地方叫水仙鱼，北京偶亦有卖，叫面条鱼。但我的家乡人认定这种鱼只有我的家乡有，而且只有文游台前面澄河里有。家乡人爱家乡，只好由着他说。不过别处的这种鱼不似澄河所产的味美，倒是真的。因为都经过冷藏转运，不新鲜了。为什么叫

"瓜鱼"呢？据说是因黄瓜开花时鱼始出，到黄瓜落架时就再捕不到了，故又名"黄瓜鱼"。是不是这么回事，谁知道。

泰山庙亦名东岳庙，差不多每个县里都有的，其普遍的程度不下于城隍庙。所祀之神称为东岳大帝。泰山庙的香火是很盛的，因为好多人都以为东岳大帝是管人的生死的。每逢香期，初一十五，特别是东岳大帝的生日（中国的神佛都有一个生日，不知道是从什么档案里查出来的）来烧香的善男信女（主要是信女）络绎不绝。一进庙门就闻到一股触鼻的香气。从门楼到甬道，两旁排列的都是乞丐，大都伪装成瞎子、哑巴、烂腿的残废（烂腿是用蜡烛油画的），来烧香的总是要准备一两吊铜钱施舍给他们的。

正面是大殿，神龛里坐着大帝，油白脸，疏眉细目，五绺长须，颇慈祥的样子，穿了一件簇新的大红蟒袍，手捧一把折扇。东岳大帝何许人也？据说是《封神榜》上的黄飞虎！

正殿两旁，是"七十二司"，即阴间的种种酷刑，上刀山、下油锅、锯人、磨人……这是对活人施加的精神威慑：你生前做坏事，死后就是这样！

我到泰山庙是去看戏。

正殿的对面有一座戏台。戏台很高，下面可以走人。

这倒也好，看戏的不会往前头挤，因为太靠近，看不到台上的戏。

戏台与正殿之间是观众席。没有什么"席"，只是一片空场，看戏的大都是站着。也有自己从家里扛了长凳来坐着看的。

没有什么名角，也没有什么好戏。戏班子是"草台班子"，因为只在里下河一带转，亦称"下河班子"。唱的是京戏，但有些戏是徽调。不知道为什么，哪个班子都有一出《扫松下书》。这出戏剧情很平淡，我小时最不爱看这出戏。到了生意不好，没有什么观众的时候（这种戏班子，观众入场也还要收一点钱），就演《三本铁公鸡》，再不就演《九更天》《杀子报》。演《杀子报》是要加钱的，因为下河班子的闻太师勾的是金脸。下河班子演戏是很随便的，没有准纲准词。只有一年，来了一个叫周素娟的女演员，是个正工青衣，在南方的科班时坐科学过戏，唱戏很规矩，能唱《武家坡》《汾河湾》这类的戏，甚至能唱《祭江》《祭塔》……。我的家乡真懂京戏的人不多，但是在周素娟唱大段慢板的时候，台下也能鸦雀无声，听得很入神。周素娟混得到里下河来搭班，是"卖了胰子"落魄了。有一个班子有一个大花脸，嗓子很冲，姓颜，大家就叫他颜大花脸。有一回，我听他在戏台旁边的廊子上对着烧开水的"水锅"大声嚷嚷："打洗脸水！"我从他的声音里听出了一腔悲愤，满腹牢骚。我一直对颜大花脸的喊叫不能忘。江湖艺人，吃这碗开口饭，是充满辛酸的。

　　泰山庙正殿的后面，即属于文游台范围，沿砖路北行，路东有秦少游读书台。更北，地势渐高，即文游台。台基是一个大土墩。墩之一侧为四贤祠。四贤名字，说法不一。这本是一个"淫祠"，是一位"蒲圻先生"把它改造了的。蒲圻先生姓胡，字尧元。明代张诞《谒文游台四贤祠》诗云："迩来风流久渐烬，文游名在无遗踪。虽有高台可游眺，异端丹碧徒穹窿。嘉禾不植稂莠盛，邦人奔走如狂矇。蒲圻先生独好古，一扫陋俗隆高风。长绳倒拽淫像出，易以四子衣冠容。"这位蒲圻先生实在是多事，把"淫像"留下来让我们看看也好。我小时到文游台，不但看不到淫像，连"四子衣冠容"也没有，只有四个蓝地金字的牌位。墩之正面为盍簪堂。"盍簪"之名，比较生僻。出处在易经。《易·豫》："勿疑，朋盍簪。"王弼注："盍，合也；簪，疾也。"孔颖达疏："群朋合聚而疾来也。"如果用大白话说，就是"快来堂"。我觉得"快来堂"也挺不错。我们小时候对盍簪堂的兴趣比四贤祠大得多，因为堂的两壁刻着《秦邮帖》。小时候以为帖上的字是这些书法家在高邮写的。不是的。是把名家的书法杂凑起来的（帖都是杂凑起来的）。帖是清代嘉庆年间一个叫师亮采的地方官嘱钱梅溪刻的。钱泳《履园丛话》：

"二十年乙亥……是年秋八月为韩城师禹门太守刻《秦邮帖》四卷，皆取苏东坡、黄山谷、米元章、秦少游诸公书，而殿以松雪、华亭二家。"曾有人考证，帖中书颇多"赝鼎"，是假的，我们不管这些，对它还是很有感情。我们用薄纸蒙在帖上，用铅笔来回磨蹭，把这些字"拓"下来带回家，有时翻出来看看，觉得字都很美。

盍簪堂后是一座木结构的楼，是文游台的主体建筑。楼颇宏大，东西两面都是大窗户。我读小学时每年"春游"都要上文游台，趴在两边窗台上看半天。东边是农田，碧绿的麦苗，油菜、蚕豆正在开花，很喜人。西边是人家，鳞次栉比，最西可看到运河堤上的杨柳，看到船帆在树头后面缓缓移动，缓缓移动的船帆叫我的心有点酸酸的，也甜甜的。

文游台的出名，是因为这是苏东坡、秦少游、王定国、孙莘老聚会的地方，他们在楼上饮酒、赋诗、倾谈、笑傲。实际上文游诸贤之中，最感动高邮人心的是秦少游。苏东坡只是在高邮停留一个很短的时期。王定国不是高邮人。孙莘老不知道为什么给人一个很古板的印象，使人不大喜欢。文游台实际上是秦少游的台。

秦少游是高邮人的骄傲，高邮人对他有很深的感情，除了因为他是大才子，"国士无双"，词写得好，为人正派，关心人民生活（著过《蚕书》）……还因为他一生遭遇很不幸。他的官位不高，最高只做到"正字"，后半生一直在迁谪中度过。四十六岁"坐党籍"——和司马光的关系，改馆阁校勘，出为杭州通判。这一年由于御史刘拯给他打了小报告，说他增损《实录》，贬监处州酒税。叫一个才子去管酒税，真是令人啼笑皆非。四十八岁因为有人揭发他写佛书，削秩徙郴州。五十岁，迁横州。五十一岁迁雷州。几乎每年都要调动一次，而且越调越远。后来朝廷下了赦令，迁臣多内徙，少游启程北归，至藤州，出游光华亭，索水欲饮，水至，笑视之而卒，终年五十三岁。

迁谪生活，难以为怀，少游晚年诗词颇多伤心语，但他还是很旷达，很看得开的，能于颠沛中得到苦趣。明陶宗仪《说郛》卷八十二：

> 秦观南迁，行次郴道遇雨，有老仆滕贵者，久在少游家，随以南行，管押行李在后，泥泞不能进，少游留道傍人家以俟，久之方盘跚策杖而至，视少游叹曰："学士，学士！他们取了富贵，做了好官，不枉了恁地，自家做甚来陪奉他们！波波地打闲官，方落得甚声名！"怒而不饭。少游再三勉之，曰"没奈何。"其人怒犹未已，曰："可知是没奈何！"少游后见邓博文言之，大笑，且谓邓曰："到京见诸公，

不可不举似以发大笑也。"

　　我以为这是秦少游传记资料中写得最生动的一则，而且是可靠的。这样如闻其声的口语化的对白是伪造不来的。这也是白话文学史中很珍贵的资料，老仆、少游，都跃然纸上。我很希望中国的传记文学、历史题材的小说戏曲都能写成这样。然而可遇而不可求。现在的传记、历史题材的小说，都空空廓廓，有事无人，而且注入许多"观点"，使人搔痒不着，吞蝇欲吐。历史连续电视剧则大多数是胡说八道！

　　东坡闻少游凶信，叹曰："少游已矣，虽万人何赎"，鸣呼哀哉。

露筋晓月

"秦邮八景"中我最不感兴趣的是"露筋晓月"。我认为这是对我的故乡的侮辱。

有姑嫂二人赶路，天黑了，只得在草丛中过夜。这一带蚊子极多，叮人很疼。小姑子实在受不了。附近有座小庙，小姑子到庙里投宿。嫂子坚决不去，遂被蚊虫咬死，身上的肉都被吃净，露出筋来。时人悯其贞节，为她立了祠。祠曰露筋祠，这地方从此也叫作露筋。

这是哪个全无心肝的街道之士编造出来的一个残酷惨厉的故事！这比"饿死事小，失节事大"，还要灭绝人性。

这故事起源颇早，米芾就写过《露筋祠碑》。

然而早就有人怀疑过。欧阳修就说这不合情理：蚊子怎么多，也总能拍打拍打，何至被咬死？再说蚊子只是吸人的血，怎么会把肉也吃掉，露出筋来呢？

我坐小轮船从高邮往扬州，中途轮机发生故障，只能在露筋抛锚修理。

高邮湖上的蓝天渐渐变成橙黄，又渐渐变成深紫，暝色四合，令人感动。我回到舱里，吃了两个夹了五香牛肉的烧饼，喝了一杯茶，把行李里带来的珠罗纱蚊帐挂好，躺了下来。不大会儿，就睡着了。

听到一阵嘤嘤的声音，睁眼一看：一个蚊子，有小麻雀大，正把它的长嘴从珠罗纱的窟窿里伸进来，快要叮到我的赤裸的胳臂，不过它太大了，身子进不来。我一把攥住它的长嘴，抽了一根棉线，把它的长嘴拴住，棉线的一端压在枕头下，蚊子进不来又飞不走，就在恨恨拍扇翅膀。这就好像两把扇子往里吹风。我想：这不赖，我可以凉凉快快地睡一夜。

一个声音，很细，但是很尖：

"哥们！"

这是蚊子说话哪，——"哥们"？

"哥们，你为什么把我拴住？"

"你是世界上最可恨的东西！你们为什么要生出来？"

"我们是上帝创造的。"

"你们为什么要吸人的血？"

"这是上帝的意旨。"

"为什么咬得人又疼又痒？"

"不这样人怎么能记住他们生下来就是有罪的？"

"咬就咬吧，为什么要嗡嗡叫？"

"不叫，怎么能证明我们的存在？"

"你们真该通通消灭！"

"你消灭不了！"

"我现在就要把你消灭了！"

我伸开两手，隔着蚊帐使劲一拍。不料一欠身，线头从枕头下面脱出，蚊子带着一截棉线飞走了。最可气的是它还回头跟我打了个招呼："拜拜！你消灭不了我们，我们是国家一级保护动物！"

一声汽笛，我醒了。

晓月朦胧，露华滋润，荷香细细，流水潺潺。

轮机已经修好了。又一声长长的汽笛，小轮船继续完成未尽的航程。

我靠着船栏杆，想起王士禛的《再过露筋祠》诗："……门外野风开白莲。"

水　母

在中国的北方，有一股好水的地方，往往会有一座水母宫，里面供着水母娘娘。这大概是因为北方干旱，人们对水有一种特殊的感情。为了表达这种感情，于是建了宫，并且创造出一个女性的水之神。水神之为女性，似乎是很自然的事，因为水是温柔的。虽然河伯也是水神，他是男的，但他惯会兴风作浪，时常跟人们捣乱，不是好神，可以另当别论。我在南方就很少看到过水母宫。南方多的是龙王庙。因为南方是水乡，不缺水，倒是常常要大水为灾，故多建龙王庙，让龙王来把水"治"住。

水母娘娘是一个很有特点的女神。

中国的女神的形象大都是一些贵妇人。神是人按照自己的样子创造出来的。女神该是什么样子呢？想象不出。于是从富贵人家的宅眷中取样，这原本也是很自然的事。这些女神大都是官样盛装，衣裙华丽，体态丰盈，皮肤细嫩。若是少女或少妇，则往往在端丽之中稍带一点妖冶。

《封神榜》里的女娲圣像，"容貌端丽，瑞彩翩翩，国色天资，宛然如生；真是蕊宫仙子临凡，月殿嫦娥下世"，竟至使"纣王一见，神魂飘荡，陡起淫心"，可见是并不冷若冰霜。圣像如此，也就不能单怪纣王。作者在描绘时笔下就流露出几分遐想，用语不免轻薄，很不得体的。《水浒传》里的九天玄女也差不多："头绾九龙飞凤髻，身穿金缕绛绡衣。蓝田玉带曳长裙，白玉圭璋擎彩袖。脸如莲萼，天然眉目映云鬟；唇似樱桃，自在规模端雪体。犹如王母宴蟠桃，却似嫦娥居月殿。"虽然作者在最后找补了两句："正大仙容描不就，威严形象画难成"，也还是挽回不了妖艳的印象。——这二位长得都像嫦娥，真是不谋而合！倾慕中包藏着亵渎，这是中国的平民对于女神也即是对于大家宅眷的微妙的心理。有人见麻姑爪长，想到如果让她来搔搔背一定很舒服。这种非分的异想，是不难理解的。至于中年以上的女神，就不会引起膜拜者的隐隐约约的性冲动了。她们大都长得很富态，一脸的福相，低垂着眼皮，眼观鼻、鼻观心，毫无表情地端端正正地坐着，手里捧着"圭"，圭下有一块蓝色的绸帕垫着，绸帕耷拉下来，我想是不让人看见她的胖手。这已经完全是一位命妇甚至是皇娘了。太原晋祠正殿所供的那位晋之开国的国母，就是这样。泰山的碧霞元君，朝山进香的没有知识的乡下女人称之为"泰山老奶奶"，这称呼实在是非常之准确，因为她的模样就像一个呼奴使婢的很阔的老奶奶，只不过不知为什么成了神了罢了。——总而言之，这些女神的"成分"都是很高的。"文化大革命"中，有一位农民出身当了造反派的头头的干部，带头打碎了很多神像，其中包括一些女神的像。他的理由非常简单明了："她们都是地主婆！"不能说他毫无道理。

水母娘娘异于这些女神。

水母官一般都很小，比一般的土地祠略大一些。"官"门也矮，身材高大一些的，要低了头才能走进去。里面塑着水母娘娘的金身，大概只有二尺来高。这位娘娘的装束，完全是一个农村小媳妇：大襟的布袄，长裤，布鞋。她的神座不是什么"八宝九龙床"，却是一口水缸，上面扣着一个锅盖，她就盘了腿用北方妇女坐炕的姿势坐在锅盖上。她是半侧着身子坐的，不像一般的神坐北朝南面对"观众"。她高高地举起手臂，在梳头。这"造型"是很美的。这就是在华北农村到处可以看见的一个俊俊俏俏的小媳妇，完全不是什么"神"！

她为什么会成了神？华北很多村里都流传着这样的故事：

有一家，有一个小媳妇。这地方没水。没有河，也没有井。她每天要到很远的地方去担水。一天，来了一个骑马的过路人，进门要一点水喝。小媳妇给他舀了一瓢。过路人一口气就喝掉了。他还想喝，小媳妇就由他自己用瓢舀。不想这过路人咕咚咕咚把半缸水全喝了！小媳妇想：这人大概是太渴了。她今天没水做饭了，这咋办？心里着急，脸上可没露出来。过路人喝够了水，道了谢。他倒还挺通情理，说："你今天没水做饭了吧？""嗯哪！"——"你婆婆知道了，不骂你吗？""——再说吧！"过路人说："你这人——心好！这么着吧：我送给你一根马鞭子，你把鞭子插在水缸里。要水了，就把马鞭往上提提，缸里就有水了。要多少，提多高。要记住，不要把马鞭子提出缸口！记住，记住，千万记住！"说完了话，这人就不见了。这是个神仙！从此往后，小媳妇就不用走老远的路去担水了。要用水，把马鞭子提一提，就有了。这可真是"美扎"啦！

一天，小媳妇住娘家去了。她婆婆做饭，要用水。她也照着样儿把马鞭子往上提。不想提过了劲，把个马鞭子一下提出缸口了。这可了不得了，水缸里的水哗哗地往外涌，发大水了！不大会儿工夫，村子淹了！

小媳妇在娘家，早上起来，正梳着头，刚把头发打开，还没有挽上纂，听到有人报信，说她婆家村淹了，小媳妇一听：坏了！准是婆婆把马鞭子拔出缸外了！她赶忙往回奔。到家了，急中生计，抓起锅盖往缸口上一扣，自己腾地一下坐到锅盖上。嘿！水不涌了！

后来，人们就尊奉她为水母娘娘，照着她当时的样子，塑了金身：盘腿坐在扣在水缸上的锅盖上，水退了，她接着梳头。她高高举起手臂，是在挽纂儿哪！

这个小媳妇是值得被尊奉为神的。听到婆家发了大水，急忙就往回奔，何其勇也。抓起锅盖扣在缸口，自己腾地坐了上去，何其智也。水退之后，继续梳头挽纂，又何其从容不迫也。

水母的塑像，据我见到过的，有两种。一种是凤冠霞帔作命妇装束的，俨然是一位"娘娘"；一种是这种小媳妇模样的。我喜欢后一种。

这是农民自己的神，农民按照自己的模样塑造的神。这是农民心目中的女神：一个能干善良且俊俏的小媳妇。农民对这样的水母不缺乏崇敬，但是并不畏惧。农民对她可以平视，甚至可以谈谈家常。这是他们想出来的，他们要的神，——人，不是别人强加给他们头上的一种压力。

有一点是我不明白的。这小媳妇的功德应该是制服了一场洪水，但是她的"宫"却往往在一股好水的源头，似乎她是这股水的赐予者，这到底是怎么回事呢？这个故事很美，但是这个很美的故事和她被尊奉为"水母"又有什么必然的关系呢？但是农民似乎不对这些问题深究。他们觉得故事就是这样的故事，她就是水母娘娘，无须讨论。看来我只好一直糊涂下去了。

中国的百姓——主要是农民，对若干神圣都有和统治者不尽相同的看法，并且往往编出一些对诸神不大恭敬的故事，这是很有意思的事。比如灶王爷。汉朝不知道为什么把"祀灶"搞得那样乌烟瘴气，汉武帝相信方士的鬼话，相信"祀灶可以致物"（致什么"物"呢？），而且"黄金可成，不死之药可至"。这纯粹是胡说八道。后来不知道怎么一来，灶王爷又和人的生死搭上了关系，成了"东厨司命定福灶君"。但是民间的说法殊不同。在北方的农民的传说里，灶王爷是有名有姓的，他姓张，名叫张三（你听听这名字！），而且这人是没出息的，他因为做了什么见不得人的事（什么事，我忘了）钻进了灶火里，弄得一身一脸乌漆墨黑，这才成了灶王。可惜我记性不好，对这位张三灶王爷的全部事迹已经模糊了。异日有暇，当来研究研究张三兄。

或曰：研究这种题目有什么意义，这和四个现代化有何关系？有的！我们要了解我们这个民族。

牌　坊

——故乡杂忆

臭河边南岸有三座贞节牌坊。三座牌坊大小、高矮、式样差不多，好像三姊妹。都是白石头。重檐，方柱。横枋当中有一块微向前倾的长方石头，像一本洋装书。上刻两个字："圣旨"。这三座牌坊旌表的是什么人，谁也没有注意过。立牌坊的年月是刻在横枋的左侧的，但是也没有人注意过。反正是有了年头了。牌坊整天站着，默默无言。太阳好的时候，牌坊把影子齐齐地落在前面的土地上。下雨天，在大雨里淋着。每天黄昏，飞来很多麻雀，落在石檐下面，石枋石柱的缝隙间，叽叽喳喳，叫成一片。远远走过来，好像牌坊自己在叫。

听到过一个关于牌坊的故事。

有一家，姓徐，是个书香人家，徐少爷娶妻白氏，貌美而贤惠，知书达礼。不幸徐少爷得了一场伤寒，早离尘世。徐少奶奶这时才二十四五岁，年轻守寡。徐少爷留下一个孩子，才三岁。徐少奶奶就守着这个孩子，教他读书习字。

转眼二十年过去了，孩子已经长大成人。孩子很聪明，也用功，功名顺利，由秀才、举人，一直到中了进士。

这年清明祭祖，徐氏族人聚会，说起白夫人年轻守节，教子成名，应该申报旌表，为她立牌坊。儿子觉得在理，就回家对母亲说明族人所议。

白夫人一听，大怒，说：

"我不要立牌坊！"

说着从床下拖出一个柳条笸斗，笸斗里是一斗铜钱。白夫人把铜钱往地板上一倒，说：

"这就是我的贞节牌坊！"

原来白夫人每到欲念升起，脸红心乱时，就把一斗铜钱倒在地板上，滚得哪儿都是，然后俯身一枚一枚地拾起来，这样就岔过去了。

儿子从此再也不提立牌坊的事。

白马庙

　　我教的中学从观音寺迁到白马庙，我在白马庙住过一年，白马庙没有庙。这是由篆塘到大观楼之间一个镇子。我们住的房子形状很特别，像是卡通电影上画的房子，我们就叫它卡通房子，前几年日本飞机常来轰炸，有钱的人多在近郊盖了房子，躲警报，这二年日本飞机不来了，这些房子都空了下来，学校就租了当教员宿舍。这些房子的设计都有点别出心裁，而以我们住的卡通房子最显眼，老远就看得见。

　　卡通房子门前有一条土路，通过马路，三面都是农田，不挨人家。我上课之余，除了在屋里看看书，常常伏在窗台上看农民种田。看插秧，看两个人用一个戽斗戽水。看一个十五六岁的孩子用一个长柄的锄头挖地。这个孩子挖几锄头就要停一停，唱一句歌。他的歌有音无字，只有一句，但是很好听，长日悠悠，一片安静。我那时正在读《庄子》。在这样的环境中读《庄子》，真是太合适了。

这样的不挨人家的"独立家屋"有一点不好，是招小偷。曾有小偷光顾过一次。发觉之后，几位教员拿了棍棒到处搜索，闹腾了一阵，无所得。我和松卿有一次到城里看电影，晚上回来，快到大门时，从路旁沟里窜出一条黑影，跑了。是一个侦机翻墙行窃的小偷。

小偷不少，教导主任老杨曾当美军译员，穿了一条美军将军呢的毛料裤子，晚上睡觉，盖在被窝上压脚。那天闹小偷。他醒来，拧开电灯看看，将军呢裤子没了。他翻了个身，接碴儿睡他的觉。我们那时都是这样，得、失无所谓，而可失之物亦不多，只要不是真的赤条条来去无牵挂，怎么着也能混得过去，——这位老兄从美军复员，领到一笔复员费，崭新的票子放在夹克上衣口袋里，打了一夜沙蟹，几乎全部输光。

学校的教员有的在校内住，也有住在城里，到这里来兼课的。坐马车来，很方便。朱德熙有一次下了马车，被马咬了一口！咬在胸脯上，胸上落了马的牙印，衣服却没有破。

镇上有一个卖油盐酱醋香烟火柴的杂货铺，一家猪肉案子，还有一个做饵块的作坊。我去看过工人做饵块，小枕头大的那么一坨，不知道怎么竟能蒸熟。

饵块作坊门前有一道砖桥，可以通到河南边。桥南是菜地，我们随时可以吃到刚拔起来的新鲜蔬菜。临河有一家茶馆，茶客不少。靠窗而坐，可以看见河里的船、船上的人，风景很好。

使我惊奇的是东壁粉墙上画了一壁茶花，画得满满的。墨线勾边，涂了很重的颜色，大红花，鲜绿的叶子，画得很工整，花、叶多对称，很天真可爱，这显然不是文人画。我问冲茶的堂倌："这画是谁画的？"——"哑巴。——他就爱画，哪样上头都画，他画又不要钱，自己贴颜色，就叫他画吧！"

过两天，我看见一个挑粪的，粪桶是新的，粪桶近桶口处画了一周遭串枝莲，墨线勾成，笔如铁线，匀匀净净。不用问，这又是那个哑巴画的。粪桶上描花，真是少见。

听说哑巴岁数不大，二十来岁。他没有跟谁学过，就是自己画。

我记得白马庙，主要就是因为这里有一个画画的哑巴。

故乡的元宵

故乡的元宵是并不热闹的。

没有狮子、龙灯，没有高跷，没有跑旱船，没有"大头和尚戏柳翠"，没有花担子、茶担子。这些都在七月十五"迎会"——赛城隍时才有，元宵是没有的。很多地方兴"闹元宵"，我们那里的元宵却是静静的。

有几年，有送麒麟的。上午，三个乡下的汉子，一个举着麒麟——一张长板凳，外面糊着纸扎的麒麟，一个敲小锣，一个打镲，咚咚当当敲一气，齐声唱一些吉利的歌。每一段开头都是"格炸炸"。

格炸炸，格炸炸，

麒麟送子到你家……

我对这"格炸炸"印象很深。这是什么意思呢？这是状声词？状的什么声呢？送麒麟的没有表演，没有动作，曲调也很简单。送麒麟的来了，一点也不叫人兴奋，只听得一连串的"格炸炸"。"格炸炸"完了，祖母就给他们一点钱。

街上掷骰子"赶老羊"的赌钱的摊子上没有人。六颗骰子静静地在大碗底卧着。摆赌摊的坐在小板凳上抱着膝盖发呆。年快过完了，准备过年输的钱也输得差不多了，明天还有事，大家都没有赌兴。

草巷口有个吹糖人的。孙猴子舞大刀、老鼠偷油。

北市口有个捏面人的。青蛇、白蛇、老渔翁。老渔翁的蓑衣是从药店里买来的夏枯草做的。

到天地坛看人拉"天嗡子"——即抖空竹，拉得很响，天嗡子蛮牛似的叫。

到泰山庙看老妈妈烧香。一个老妈妈鞋底有牛屎，干了。

一天快过去了。

不过元宵要等到晚上，上了灯，才算。元宵元宵嘛。我们那里一般不叫元宵，叫灯节。灯节要过几天，十三上灯，十七落灯。"正日子"是十五。

各屋里的灯都点起来了。大妈（大伯母）屋里是四盏玻璃方灯。二妈屋里是画了红寿字的白明角琉璃灯，还有一盏珠子灯。我的继母屋里点的是红琉璃泡子。一屋子灯光，明亮而温柔，显得很吉祥。

上街去看走马灯。连万顺家的走马灯很大。"乡下人不识走马灯，——又来了"。走马灯不过是来回转动的车、马、人（兵）的影子，但也能看它转几圈。后来我自己也动手做了一个，点了蜡烛，看着里面的纸轮一样转了起来，外面的纸屏上一样映出了影子，很欣喜。乾隆和的走马灯并不"走"，只是一个长方的纸箱子，正面白纸上有一些彩色的小人，小人连着一根头发丝，烛火烘热了发丝，小人的手脚会上下动。它虽然不"走"，我们还是叫它走马灯。要不，叫它什么灯呢？这外面的小人是唐僧、孙悟空、猪八戒、沙和尚。整个画面表现的是《西游记》唐僧取经。

孩子有自己的灯。兔子灯、绣球灯、马灯……兔子灯大都是自己动手做的。下面安四个轱辘，可以拉着走。兔子灯其实不大像兔子，脸是圆的，眼睛弯弯的，像人的眼睛，还有两道弯弯的眉毛！绣球灯、马灯都是买的。绣球灯是一个多面的纸扎的球，有一个篾制的架子，架子上有一根竹竿，架子下有两个轱辘，手执竹竿，向前推移，球即不停滚动。马灯是两段，一个马头，一个马屁股，用带子系在身上。西瓜灯、虾蟆灯、鱼灯，这些手提的灯，是小小孩玩的。

有一个习俗可能是外地所没有的：看围屏。硬木长方框，约三尺高，尺半宽，镶绢，上画工笔的演义小说人物故事，灯节前装好，一堂围屏约三十幅，屏后点蜡烛。这实际上是照得透亮的连环画。看围屏有两处，一处在炼阳观的偏殿，一处在附设在城隍庙里的火神庙。炼阳观画的是《封神榜》，火神庙画的是《三国》。围屏看了多少年，但还是年年看。好像不看围屏就不算过节似的。

街上有人放花。

有人放高升（起火），不多的几支，起火升到天上，嗤——灭了。

天上有一盏红灯笼，竹篾为骨，外糊红纸，一个长方的筒，里面点了蜡烛，放到天上。灯笼是很好放的，连脑线都不用，在一个角上系上线，就能飞上去。灯笼在天上微微飘动，不知道为什么，看了使人有一点薄薄的凄凉。

年过完了，明天十六，所有店铺就"大开门"了。我们那里，初一到初五，店铺都不开门。初六打开两扇排门，卖一点市民必需的东西，叫作"小开门"。十六把全部排门卸掉，放一挂鞭，几个炮仗，叫作"大开门"，开始正常营业。年，就这样过去了。

故乡的野菜

荠菜。荠菜是野菜，但在我的家乡却是可以上席的。我们那里，一般的酒席，开头都有八个凉碟，在客人入席前即已摆好。通常是火腿、变蛋（松花蛋）、风鸡、酱鸭、油爆虾（或呛虾）、蚶子（是从外面运来的，我们那里不产）、咸鸭蛋之类。若是春天，就会有两样应时凉拌小菜：杨花萝卜（即北京的小水萝卜）切细丝拌海蜇，和拌荠菜。荠菜焯过，碎切，和香干细丁同拌，加姜米，浇以麻油酱醋，或用虾米，或不用，均可。这道菜常抟成宝塔形，临吃推倒，拌匀。拌荠菜总是受欢迎的，吃个新鲜。凡野菜，都有一种园种的蔬菜所缺少的清香。

荠菜大都是凉拌，炒荠菜很少人吃。荠菜可包春卷，包圆子（汤团）。江南人用荠菜包馄饨，称为菜肉馄饨，亦称"大馄饨"。我们那里没有用荠菜包馄饨的。我们那里的面店中所卖的馄饨都是纯肉馅的馄饨，即江南所说的"小馄饨"。没有"大馄饨"。我在北京的一家有名的家庭餐馆吃过这一家的一道名菜：翡翠蛋羹。一个汤碗里一边是蛋羹，一边是荠菜，一边嫩黄，一边碧绿，绝不混淆，吃时搅在一起。这种讲究的吃法，我们家乡没有。

枸杞头。春天的早晨，尤其是下了一场小雨之后，就可听到叫卖枸杞头的声音。卖枸杞头的多是附郭近村的女孩子，声音很脆，极能传远："卖枸杞头来！"枸杞头放在一个竹篮子里，一种长圆形的竹篮，叫作元宝篮子。枸杞头带着雨水，女孩子的声音也带着雨水。枸杞头不值什么钱，也从不用秤约，给几个钱，她们就能把整篮子倒给你。女孩子也不把这当作正经买卖，卖一点钱，够打一瓶梳头油就行了。

自己去摘，也不费事。一会儿工夫，就能摘一堆。枸杞到处都是。我的小学的操场原是祭天地的空地，叫作"天地坛"。天地坛的四边围墙的墙根，长的都是这东西。枸杞夏天开小白花，秋天结很多小红果子，即枸杞子，我们小时候叫它"狗奶子"，因为很像狗的奶子。

枸杞头也都是凉拌，清香似尤甚于荠菜。

蒌蒿。小说《大淖记事》："春初水暖，沙洲上冒出很多紫红色的芦芽和灰绿色的蒌蒿，很快就是一片翠绿了。"我在书页下面加了一条注："蒌蒿是生于水边的野草，粗如笔管，有节，生狭长的小叶，初生二寸来高，叫作'蒌蒿薹子'，加肉炒食极清香。……"蒌蒿，字典上都注"蒌"

音楼，蒿之一种，即白蒿。我以为蒌蒿不是蒿之一种，蒌蒿掐断，没有那种蒿子气，倒是有一种水草气。苏东坡诗："蒌蒿满地芦芽短"，以蒌蒿与芦芽并举，证明是水边的植物，就是我的家乡所说"蒌蒿薹子"。"蒌"字我的家乡不读楼，读吕。蒌蒿好像都是和瘦猪肉同炒，素炒好像没有。我小时候非常爱吃炒蒌蒿薹子。桌上有一盘炒蒌蒿薹子，我就非常兴奋，胃口大开。蒌蒿薹子除了清香，还有就是很脆，嚼之有声。

荠菜、枸杞我在外地偶尔吃过，蒌蒿薹子自十九岁离乡后从未吃过，非常想念。去年我的家乡有人开了汽车到北京来办事，我的弟妹托他们带了一塑料袋蒌蒿薹子来，因为路上耽搁，到北京时已经焐坏了。我挑了一些还不太烂的，炒了一盘，还有那么一点意思。

马齿苋。中国古代吃马齿苋是很普遍的，马苋与人苋（即红白苋菜）并提。后来不知怎么吃的人少了。我的祖母每年夏天都要摘一些马齿苋，晾干了，过年包包子。我的家乡普通人家平常是不包包子的，只有过年才包，自己家里人吃，有客人来蒸一盘待客。不是家里人包的，一般的家庭妇女不会包，都是备了面、馅，请包子店里的师傅到家里做，做一上午，就够正月里吃了。我的祖母吃长斋，她的马齿苋包子只有她自己吃。我尝过一个，马齿苋有点酸酸的味道，不难吃，也不好吃。

马齿苋南北皆有。我在北京的甘家口住过，离玉渊潭很近，玉渊潭马齿苋极多。北京人叫作马苋儿菜，吃的人很少。养鸟的拔了喂画眉。据说画眉吃了能清火。画眉还会有"火"么？

莼菜。第一次喝莼菜汤是在杭州西湖的楼外楼，一九四八年四月。这以前我没有吃过莼菜，也没有见过。我的家乡人大都不知莼菜为何物。但是秦少游有《以莼姜法鱼糟蟹寄子瞻》诗，则高邮原来是有莼菜的。诗最后一句是"泽居备礼无麋鹿"，秦少游当时盖在高邮居住，送给苏东坡的是高邮的土产。高邮现在还有没有莼菜，什么时候回高邮，我得调查调查。

明朝的时候，我的家乡出过一个散曲作家王磐。王磐字鸿渐，号西楼，散曲作品有《西楼乐府》。王磐当时名声很大，与散曲大家陈大声并称为"南曲之冠"。王西楼还是画家。高邮现在还有一句歇后语："王西楼嫁女儿——画（话）多银子少。"王西楼有一本有点特别的著作：《野菜谱》。《野菜谱》收野菜五十二种。五十二种中有些我是认识的，如白鼓钉（蒲公英）、蒲儿根、马兰头、青蒿儿（即茵陈蒿）、枸杞头、野菉豆、蒌蒿、荠菜儿、马齿苋、灰条。江南人重马兰头。小时读周作人的《故乡的野菜》，提到儿歌："荠菜马兰头，姐姐嫁到后门头"，很是向往，但是我的家乡是不大有人吃的。灰条的"条"字，正字应是"藋"，通称灰菜。这东西我的家乡不吃。我第一次吃灰菜是在一个山东同学的家里，蘸了稀面，蒸熟，就烂蒜，别具滋味。后来在昆明黄土坡一中学教书，学校发不出薪水，我们时常断炊，就捋了灰菜来炒了吃。在北京我也摘过灰菜炒食。有一次发现钓鱼台国宾馆的墙外长了很多灰菜，极肥嫩，就弯下腰来摘了好些，装在书包里。门卫发现，走过来问："你干什么？"他大概以为我在埋定时炸弹。我把书包里的灰菜抓出来给他看，他没有再说什么，走开了。灰菜有点碱味，我很喜欢这种味道。王西楼《野菜谱》中有一些，我不但没有吃过、见过，连听都没听说过，如："燕子不来香"、"油灼灼"……

《野菜谱》上图下文。图画的是这种野菜的样子，文则简单地说这种野菜的生长季节，吃法。文后皆系以一诗，一首近似谣曲的小乐府，都是借题发挥，以野菜名起兴，写人民疾苦。如：

眼子菜

眼子菜，如张目，年年盼春怀布谷，犹向秋来望时熟。何事频年俭不开，愁看四野波漂屋。

猫耳朵

猫耳朵，听我歌，今年水患伤田禾，仓廪空虚鼠弃窝，猫兮猫兮将奈何！

江荠

江荠青青江水绿，江边挑菜女儿哭。爷娘新死兄趁熟，止存我与妹看屋。

抱娘蒿

抱娘蒿，结根牢，解不散，如漆胶。君不见昨朝儿卖客船上，儿抱娘哭不肯放。

这些诗的感情都很真挚，读之令人酸鼻。我的家乡本是个穷地方，灾荒很多，主要是水灾，家破人亡，卖儿卖女的事是常有的。我小时就见过。现在水利大有改进，去年那样的特大洪水，也没死一个人，王西楼所写的悲惨景象不复存在了。想到这一点，我为我的家乡感到欣慰。过去，我的家乡人吃野菜主要是为了度荒，现在吃野菜则是为了尝新了。喔，我的家乡的野菜！

要面子

——读威廉·科贝特[1]《射手》

律师威廉·伊文爱打猎，是个神枪手。有一次科贝特和伊文结伴去打鹧鸪。打了一天，到天黑之前伊文打的鹧鸪已经有九十九只，他还要再打第一百只，凑个整数。被惊散的鹧鸪在四周叫唤着，一只鹧鸪从伊文脚下飞起，伊文立即开枪，没有打中。伊文说："好了"，边说边跑，像是要拾起那只鹧鸪。科贝特说："那只鹧鸪不但没有死，还在叫呢，就在树林子里。"伊文一口咬定说是打中了，而且是亲眼看见它落地的。伊文一定要找到这只鹧鸪，难道可以放弃百发百中，名垂不朽的大好机会吗？这可是太严重了。科贝特只好陪他找，在不到二十平米的地方，眼睛看着地，走了许多个来回，寻找他们彼此都心里明白是根本不存在的东西。有一次科贝特走到伊文前面，恰好回头一看，只见伊文伸手从背后的袋里拿出一只鹧鸪，

---

[1]　科贝特（1763—1835）：英国散文作家。

扔在地上。科贝特不愿戳穿他，装作没看见，装作还在到处寻找。果然，伊文回到他刚扔鹧鸪的地方，异常得意地大叫："这儿！这儿！快来！"伊文指着鹧鸪，说："这是我对你的忠告，以后不要太任性！"他们到了一家农舍里，伊文把事情的经过告诉大家，还拿科贝特取笑了半天。

我看过一篇保加利亚的短篇小说《兔子》。三位先生下乡打兔子，一只也没有打着，不免有点沮丧，在一个乡下小酒馆里喝酒解闷。这时候进来另一位先生，手里提着三只兔子，往桌上一掼："拿酒！"那三位先生很羡慕，说："你运气好！"——"'运气'？不，是本事！"于是讲开了猎兔经，正讲得得意洋洋，进来一个农民，提着一只兔子，对这位先生说："先生，您把这只也买去吧，我少算点钱。"

《钓鱼》是高英培常说的相声段子。这是相声里的精品。有一个人见人家钓鱼，瞧着眼馋，他也想钓，——干嘛老拿钱买鱼吃！他跟老婆说："二他妈，给我烙一个糖饼，我钓鱼去。"钓了一天，一条没钓着。第二天还去钓："二他妈，给我烙两个糖饼，我钓鱼去。"还是没钓着。老婆说："没钓着？"——"去晚了，今天这一拨过去了。明儿还来一拨。——这拨都是咸带鱼。"街坊有个老太太，爱多嘴，说："大哥，人家钓鱼，人家会呀，你啦——"——"大妈，你这是怎么说话？人家会，我不会？

明儿我钓几条，你啦瞧瞧！"第三天，"二他妈，给我烙三个糖饼！"——"二他爸，你这鱼没钓着，饭量可见长呀！"第三天，回来了，进门就嚷嚷："二他妈，拿盆！装鱼！"二他妈把盆拿出来，把鱼倒在盆里："啊呀，真不少哇！"街坊老太太又过来了，看看这鱼："大哥，人家钓鱼，大的大，小的小，你啦这鱼怎么都是一般大呀，别是买的吧？"——"这怎么是买的呢？这怎么是买的呢？你啦是怎么说话呢！"他老婆瞧瞧鱼，说："真不老少，横有三斤多！"——"嘛？三斤多，四斤还高高儿的！"

这三个故事很相似。三个人物的共同处是死要面子，输心不输嘴。《射手》写得较为尖锐。《兔子》和《钓鱼》则较温和，有喜剧色彩。科贝特文章的结尾说："我一直不忍心让他知道：我完全明白一个通情达理的高尚的人怎样在可笑的虚荣心的勾引下，干出了骗人的下流事情。"这说得也过于严重。这种小伎俩很难说是"下流"。这种事与人无害，而且这是很多人共有的弱点，不妨以善意的幽默对待之。

看　画

　　上初中的时候，每天放学回家，一路上只要有可以看看的画，我都要走过去看看。

　　中市口街东有一个画画的，叫张长之，年纪不大，才二十多岁，是个小胖子。小胖子很聪明。他没有学过画，他画画是看会的。画册、画报、裱画店里挂着的画，他看了一会儿就能默记在心。背临出来，大致不差。他的画不中不西，用色很鲜明，所以有人愿意买。他什么都画。人物、花卉、翎毛、草虫都画。只是不画山水。他不只是临摹，有时也"创作"。有一次他画了一个斗方，画一棵芭蕉，一只五彩大公鸡，挂在他的画室里（他的画室是敞开的）。这张画只能自己画着玩玩，买是不会有人买的，谁家会在家里挂一张"鸡巴图"？

　　他擅长的画体叫作"断简残篇"。一条旧碑帖的拓片（多半是汉隶或魏碑）、半张烧糊一角的宋版书的残页、一个裂了缝的扇面、一方端匋斋的印谱……七拼八凑，构成一个画面。画法近似"颖拓",但是颖拓一般不画这种破破烂烂的东西。他画得很逼真,乍看像是剪贴在纸上的。这种画好像很"雅",而且这种画只有他画,所以有人买。

这个家伙写信不贴邮票,信封上的邮票是他自己画的。

有一阵子,他每天骑了一匹大马在城里兜一圈,郭答郭答,神气得很。这马是一个营长的。城里只要驻兵,他很快就和军官混得很熟。办法很简单,每人送一套春宫。

一九四七年,我在上海先施公司二楼卖字画的陈列室看到四条"断简残篇",一看署名,正是"张长之"!这家伙混得能到上海来卖画,真不简单。

北门里街东有一个专门画像的画工,此人名叫管又萍。走进他的画室,左边墙上挂着一幅非常醒目的朱元璋八分脸的半身画,高四尺,装在镜框里。朱洪武紫棠色脸,额头、颧骨、下巴,都很突出。这种面相,叫作"五岳朝天"。双眼奕奕,威风内敛,很像一个开国之君。朱皇帝头戴纱帽,着圆领团花织金大红龙袍。这张画不但皮肤、皱纹、眼神画得很"真",纱帽、织金团龙,都画得极其工致。这张画大概是画工平生得意之作,他在画的一角用掺糅篆隶笔意的草书写了自己的名字:管又萍。若干年后,我才体会到管又萍的署名后面所抱注的画工的辛酸。

画像的画工是从来不署名的。

若干年后，我才认识到管又萍是一个优秀的肖像画家，并认识到中国的肖像画有一套自成体系的肖像画理论和技法。

我的二伯父和我的生母的像都是管又萍画的。二伯父端坐在椅子上，穿着却是明朝的服装，头戴方巾，身着湖蓝色的斜领道袍。这可能是尊重二伯父的遗志，他是反满的。我没有见过二伯父，但是据说是画得很像的。我母亲去世时我才三岁，记不得她的样子，但我相信也是画得很像的，因为画得像我的姐姐，家里人说我姐姐长得很像我母亲。画工画像并不参照照片，是死人断气后，在床前直接勾描的。

然后还得起一个初稿。初稿只画出颜面，画在熟宣纸上，上面蒙了一张单宣，剪出一个椭圆形的洞，像主的面形从椭圆形的洞里露出。要请亲人家属来审查，提意见，胖了，瘦了，颧骨太高，眉毛离得远了……管又萍按照这些意见，修改之后，再请亲属看过，如无意见，即可定稿。然后再画衣服。

画像是要讲价的，讲的不是工钱，而是用多少朱砂，多少石绿，贴多少金箔。

为了给我的二伯母画像，管又萍到我家里和我的父亲谈了几次，所以我知道这些手续。

管又萍的"生意"是很好的，因为他画人很像，全县第一。

这是一个谦恭谨慎的人，说话小声，走路低头。

出北门，有一家卖画的。因为要下一个坡，而且这家的门总是关着，我没有进去看过。这家的特点是每年端午节前在门前柳树上拉两根绳子，挂出几十张钟馗。饮酒、醉眠、簪花、骑驴，仗剑叱鬼、从鸡笼里掏鸡、往胆瓶里插菖蒲、嫁妹、坐着山轿出巡……大概这家藏有不少钟馗的画稿，每年只要照描一遍。钟馗在中国人物画里是个很有人性，很有幽默感的可爱的形象。我觉得美术出版社可以把历代画家画的钟馗收集起来出一本《钟馗画谱》，这将是一本非常有趣的画册。这不仅有美术意义，对了解中国文化也是很有意义的。

新巷口有一家"画匠店"，这是画画的作坊，所生产的主要是"家神菩萨"。家神菩萨是几个本不相干的家族的混合集体。最上一层是南海观音和善财龙女。当中是关云长和关平、周仓。下面是财神。他们画画是流水作业，"开脸"的是一个人，画衣纹的是另一个人，最后加彩贴金的又是一个人。开脸的是老画匠，做下手活的是小徒弟。画匠店七八个人同时做活，却听不到声音，原来学画匠的大都是哑巴。这不是什么艺术作品，但是也还值得看看。他们画得很熟练，不会有败笔。有些画法也使我得到启发。比如他们画衣纹是先用淡墨勾线，然后在必要的地方用较深的墨加几道，这样就有立体感，不是平面的，我在画匠店里常常能站着看一个小时。

这家画匠店还画"玻璃油画"。在玻璃的反面用油漆画福禄寿或老寿星。这种画是反过来画的，作画程序和正面画完全不同。比如画脸，是先画眉眼五官，后涂肉色；衣服先画图案，后涂底子。这种玻璃油画是做插屏用的。

我们县里有几家裱画店，我每一家都要走进去看看。但所裱的画很少好的。人家有古一点的好画都送到苏州去裱。本地裱工不行，只有一次在北市口的裱画店里看到一幅王匋民写的八尺长的对子，给我留下深刻的印象。我认为王匋民是我们县的第一画家。他的字也很有特点。我到现在还说不准他的字的来源，有章草，又有王铎、倪瓒。他用侧锋写那样大的草书对联，这种风格我还没有见过。

祈难老

太原晋祠，从悬瓮山流出一股泉水，是为晋水之源。泉名"难老泉"。泉流出一段，泉上建亭，亭中有一块竖匾，题曰"永锡难老"，傅青主书，字写得极好。"难老"之名甚佳。不说"不老"，而说"难老"。难老不是说老得很难。没有人快老了，觉得老得太慢了，啊呀，怎么那么难呀，快一点老吧。这里所谓难老，是希望老得缓慢一点，从容一点，不是"焉得不速老"的速老，不是"人命危浅，朝不虑夕"那样的衰老。

要想难老，首先要旷达一点，不要太把老当一回事。说白了，就是不要太怕死。老是想着我老了，没有几年活头了，有一点头疼脑热，就很紧张，思想负担很重，这样即使多活几年，也没有多大意思。老死是自然规律，谁也逃不脱的。唐宪宗时的宰相裴度云："鸡猪鱼蒜，逢着则吃；生老病死，时至则行"，这样的态度，很可取法。

其次是对名利得失看得淡一些。孔夫子说，及其老也，戒之在得。得，无非一是名，二是利。现在有些作家"下海"，我觉得这未可厚非，但这是中青年的事，老了，就不必"染一水"了。多几个钱，花起来散漫一点，也不错。但是我对进口家具、真皮沙发、纯毛地毯，实在兴趣不大，——如果有人送我，我也不会拒绝。我对名牌服装爱好者不能理解。这穿在身上并不特别舒服，也并不多么好看，这无非是显出一种派头，有"份"。何必呢，中国作家还不到做一个"雅皮士"的时候吧。至于吃食，我并不主张"一箪食一瓢饮"，但是我不喜欢豪华宴会。吃一碗烩鲍鱼、黄焖鱼翅，我觉得不如来一盘爆肚，喝二两汾酒。而且我觉得钱多了，对写作没有好处，就好比吃饱了的鹰就不想拿兔子了。名，是大多数作者想要的。三代以下未有不好名者。但是我以为人不可没有名，也不可太有名。六十岁时，我被人称为作家，还不习惯，进七十岁，就又升了一级，被称为老作家、著名作家，说实在的，我并不舒服。盛名之下，其实难副，这成了一种负担。我一共才写了那么几本书，摞在一起，也没有多大分量。有些关于我的评论、印象记、访谈录之类，我也看看。言谈微中，也有知己之感。但是太多了，把我弄成热点，而且很多话说得过了头，我很不安。十多年前我在一次座谈会上说过，希望我就是悄悄地写写，你们就是悄悄地看看，是真话。这样我还能多活几年。

要难老，更重要的是，要工作。饱食终日，无所事事，是最难受的。我见过一些老同志，离退休以后，什么也不干，很快就显老了，精神状态老了。要找点事做，比如搞搞翻译、校点校点古籍……作为一个作家，要不停地写。笔这个东西，放不得。一放下，就再也拿不起来了。写长篇小说，我现在怕是力不从心了。曾有写一个历史题材的长篇的打算，看来只好放弃。我不能进行长时期的持续的思索，尤其不能长时期地投入、激动。短篇小说近年也写得少，去年一年只写了三篇。写得比较多的是散文。散文题材广泛，写起来也比较省力，近二年报刊约稿要散文的也多，去年竟编了三本散文集，是我没有料到的。

散文中相当一部分是为人写的序。顾炎武说过："人之患在好为人序"，予岂好为人序哉，予不得已也。人家找上门来了，不好意思拒绝。写序是很费时间的，要看作品，要想出几句比较中肯的话。但是我觉得上了年纪的作家为青年作家写序是一种不可推卸的责任，所以我还愿意写。但是我要借此机会提出一点要求：一、作者要自揣作品有一定水平，值得要老头儿给你卖卖块儿。二、让我看的作品只能挑出几篇，不要把全部作品都寄来，我篇篇都看，实在吃不消。三、寄来作品请自留底稿，不要把原稿寄来。我这人很"拉糊"，会把原稿搞丢了的。四、期限不要逼得太紧，不要全书已经发排，就等我这篇序。

我几乎每天都要写一点，我的老伴劝我休息休息。我说这就是休息。在不拿笔的时候，我也稍事休息。我的休息一是泡一杯茶在沙发上坐坐，二是看一点杂书。这也还是为了写作。坐，并不是"一段呆木头"似的坐着，脑子里会飘飘忽忽地想一些往事。人老了，对近事善忘，有时有人打电话给我，说了什么事，当时似乎记住了，转脸就忘了，但对多少年前的旧事却记得很真切。这是老人"十悖"之一。我把这些往事记下来，就是一篇散文。我将为深圳海天出版社编一本新的散文集，取名就叫《独坐小品》。看杂书，也是为了找一点写作的材料。我看的杂书大都是已经看过的，但是再看看，往往有新的发现。比如，几本笔记里都记过应声虫，最近看了一本诗话，才知道得应声虫病是会要人的命的，而且这种病还会传染！这使我对应声虫有了一层新的认识。

今年正月十五，是我的七十三岁生日，写了一副小对联，聊当自寿：

往事回思如细雨
旧书重读似春潮

癸酉年元宵节晚六时，
七十三年前这会儿我正在出生。

悔不当初

我一生最大的遗憾是没有把英文学好。

小学六年级就有英文课，但是我除了 book、pen 之类少数的单词外什么也没有记住。初中原来教英文的是我的一个远房舅舅，行六，是个近视眼，人称"杨六瞎子"，据说他的英文是很好的。但是我进初中时他已经在家享福，不教书了。后来的英文教员都不怎么样。初中三年级教英文的是校长耿同霖，用的课本却是《英文三民主义》——他是国民党党部的什么委员，教学的效果可想而知。因此全校学生的英文被白白地耽误了三年。我读的高中是江阴的南菁中学。南菁中学的数、理、化和英文的程度在江苏省是很有名的。教我们英文的是吴锦棠先生。他是圣约翰大学毕业的，英文很好，能够把《英汉四用辞典》背下来。吴先生原来是西装笔挺很洋气，很英俊的，他的夫人是个美人。夫人死后，吴先生的神经受了刺激，变得很邋遢，脑子也有点糊涂了。他上课是很有趣的。讲

《李白大梦》，模仿李白的老婆在李白失踪后到处寻找李白，尖声呼叫；讲《澳洲人打袋鼠》，他会模仿袋鼠的样子，四脚朝天躺在讲桌上。高中一、二年级的英文课本是相当深的，除了兰姆的散文，还有《为什么经典是经典》这样的难懂的论文。有一课是《恺撒大帝》剧本中恺撒遇刺后安东尼在他的尸体前的演讲！除了课本以外，还要背扬州中学编的单页的《英文背诵五百篇》。如果我能把这两册课本学好，把"五百篇"背熟，我的英文会是很不错的。但是我没有做到。原因是：一、我的初中英文基础太差；二、我不用功；三、吴先生糊涂。考试时，他给上一班出的题目都忘了，给下一班出的还是那几道题。月考、大考（学期考试）都是这样。学生知道了，就把上一班的试题留下来，到时候总可以应付。而且吴先生心肠特好，学生的答卷即便文不对题，只要能背下一段来，他也给分。主要还是要怪我自己，不能怪吴先生。这样好的老师，教出了我这么个学生！——我的同班同学有不少是英文很好的。我到现在还常怀念吴先生，并且觉得有点对不起他。

一九三七年暑假后，江阴失陷，我在淮安中学、私立扬州中学、盐城临时中学辗转"借读"，简直没有读什么书。淮安中学教英文的姓过，无锡人，他教的英文实在太浅了，还不到初中一年级程度。我们已经高三了，他却从最起码的拼音教起：d-a，da；d-o，do；d-u，du！

参加大学入学考试时我的英文不知道得了几分，反正够呛。我记得很清楚，有一道题是中翻英，是一段日记："我刷了牙，刮了脸……"我不知"刮脸"怎么翻，就翻成"把胡子弄掉"！

大一英文是连滚带爬，凑合着及格的。

大二英文，教我们那个班的是一个俄国老太太，她一句中文也不会说，我对她的英文也莫名其妙。期终考试那天，我睡过了头（我任何课上课都不记笔记，到期终借了别的同学的笔记本看，接连开了几个夜车，实在太困了），没有参加考试。因此我的大二英文是零分。

不会英文，非常吃亏。

作为一个作家，有时难免和外国人见面座谈，宴会，见面握手寒暄，说不了一句整话，只好傻坐着，显得非常愚蠢。

偶尔出国，尤其不便。我曾到美国爱荷华参加国际写作计划。几乎所有的外国作家都能说英语，我不会，离不开翻译一步。或做演讲，翻译得不大准确，也没有办法。我曾做过一个关于中国艺术的"留白"特点的演讲，提到中国画的构图常不很满，比如马远，有些画只占一个角，被称为"马一角"，翻译的女士翻成了"一只角的马"（美国有一种神话传说中的马，额头有一只角），我知道她翻得不对，但也没有纠正，因为我也不知道"马一角"在英语中该怎么说。有些外国作家，尤其是拉丁美洲的作家，不知道为什么对我很感兴趣，但只通过翻译，总不能直接交流感情。有一位女士眼睛很好看，我说她的眼睛像两颗黑李子，大陆去的翻译也没有办法，他不知道英语的黑李子该怎么说。后来是一位台湾诗人替我翻译了告诉她，她才非常高兴地说："喔！谢谢你！"台湾的作家英文都不错，这一点，优于大陆作家。

最别扭的是：不能读作品的原著。外国作品，我都是通过译文看的。我所接受的西方文学的影响，其实是译文的影响。六朝高僧译经，认为翻译是"嚼饭哺人"，我吃的其实是别人嚼过的饭。我很喜欢海明威的风格，但是海明威的风格究竟是怎么回事，我真说不上来，我没有读过他的一本原著。我有时到鲁迅文学院等处讲课，也讲到海明威，但总是隔靴搔痒，说不到点子上。

再有就是对用英文翻译的自己的作品看不懂，更不用说是提意见。我有一篇小说《受戒》译成英文。这篇小说里有四副对联，我想：这怎么翻呢？后来看看译文，译者用了一个干净绝妙的主意：把对联全部删去了。我有个英文很棒的朋友，说是他是能翻的。我如果自己英文也很棒，我也可以自己翻！

我觉得不会外文（主要是英文）的作家最多只能算是

半个作家。这对我说起来，是一个惨痛的、无可挽回的教训。我已经七十二岁，再从头学英文，来不及了。

我诚恳地奉劝中青年作家，学好英文。

学英文，得从中学抓起。一定要选择好的英文教员。如果英文教员不好，将贻误学生一辈子。

希望教育部门一定要重视这个问题。

胡同文化

——摄影艺术集《胡同之没》序

北京城像一块大豆腐，四方四正。城里有大街，有胡同。大街、胡同都是正南正北，正东正西。北京人的方位意识极强。过去拉洋车的，逢转弯处都高叫一声"东去！""西去！"以防碰着行人。老两口睡觉，老太太嫌老头子挤着她了，说"你往南边去一点"。这是外地少有的。街道如是斜的，就特别标明是斜街，如烟袋斜街、杨梅竹斜街。大街、胡同，把北京切成一个又一个方块。这种方正不但影响了北京人的生活，也影响了北京人的思想。

胡同原是蒙古语，据说原意是水井，未知确否。胡同的取名，有各种来源。有的是计数的，如东单三条、东四十条。有的原是皇家储存物件的地方，如皮库胡同、惜薪司胡同（存放柴炭的地方）。有的是这条胡同里曾住过一个有名的人物，如无量大人胡同、石老娘（老娘是接生婆）胡同。大雅宝胡同原名大哑巴胡同，大概胡同里曾住过一位哑巴。王皮胡同是因为有一个姓王的皮匠。王广福胡同原名王寡妇胡同。有的是某种行业集中的地方。手帕胡同大概是卖手帕的。羊肉胡同当初想必是卖羊肉的。有的胡同是像其形状的。高义伯胡同原名狗尾巴胡同。小羊宜宾胡同原名羊尾巴胡同。大概是因为这两条胡同的样子有点像羊尾巴、狗尾巴。有些胡同则不知道何所取义，如大绿纱帽胡同。

胡同有的很宽阔，如东总布胡同、铁狮子胡同。这些胡同两边大都是"宅门"，到现在房屋都还挺整齐。有些胡同很小，如耳朵眼胡同。北京到底有多少胡同？北京人说：有名的胡同三千六，没名的胡同数不清。通常提起"胡同"，多指的是小胡同。

胡同是贯通大街的网络。它距离闹市很近，打个酱油，约二斤鸡蛋什么的，很方便，但又似很远。这里没有车水马龙，总是安安静静的。偶尔有剃头挑子的"唤头"（像一个大镊子，用铁棒从当中擦过，便发出嗡的一声）、磨剪子磨刀的"惊闺"（十几个铁片穿成一串，摇动作声）、算命的盲人（现在早没有了）吹的短笛的声音。这些声音不但不显得喧闹，倒显得胡同里更加安静了。

胡同和四合院是一体。胡同两边是若干四合院连接起来的。胡同、四合院，是北京市民的居住方式，也是北京市民的文化形态。我们通常说北京的市民文化，就是指的胡同文化。胡同文化是北京文化的重要组成部分，即使不是最主要的部分。

胡同文化是一种封闭的文化。住在胡同里的居民大都安土重迁，不大愿意搬家。有在一个胡同里一住住几十年的，甚至有住了几辈子的。胡同里的房屋大都很旧了，"地根儿"房子就不太好，旧房檩，断砖墙。下雨天常是外面大下，屋里小下。一到下大雨，总可以听到房塌的声音，那是胡同里的房子。但是他们舍不得"挪窝儿"，——"破家值万贯"。

四合院是一个盒子。北京人理想的住家是"独门独院"。北京人也很讲究"处街坊"。"远亲不如近邻"。"街坊里道"的，谁家有点事，婚丧嫁娶，都得"随"一点"份子"，道个喜或道个恼，不这样就不合"礼数"。但是平常日子，过往不多，除了有的街坊是棋友，"杀"一盘；有的是酒友，到"大酒缸"（过去山西人开的酒铺，都没有桌子，在酒缸上放一块规成圆形的厚板以代酒桌）喝两"个"（大酒缸二两一杯，叫作"一个"）；或是鸟友，不约而同，各晃着鸟笼，到天坛城根、玉渊潭去"会鸟"（会鸟是把鸟笼挂在一处，既可让鸟互相学叫，也互相比赛），此外，"各人自扫门前雪，休管他人瓦上霜"。

北京人易于满足，他们对生活的物质要求不高。有窝头，就知足了。大腌萝卜，就不错。小酱萝卜，那还有什么说的。臭豆腐滴几滴香油，可以待姑奶奶。虾米皮熬白菜，嘿！我认识一个在国子监当过差，伺候过陆润庠、王垿等祭酒的老人，他说："哪儿也比不了北京。北京的熬白菜也比别处好吃，——五味神在北京。"五味神是什么神？我至今考查不出来。但是北京人的大白菜文化却是可以理解的。北京人每个人一辈子吃的大白菜摞起来大概有北海白塔那么高。

北京人爱瞧热闹，但是不爱管闲事。他们总是置身事外，冷眼旁观。北京是民主运动的策源地，"民国"以来，常有学生运动。北京人管学生运动叫作"闹学生"。学生示威游行，叫作"过学生"。与他们无关。

北京胡同文化的精义是"忍"。安分守己，逆来顺受。老舍《茶馆》里的王利发说"我当了一辈子的顺民"，是大部分北京市民的心态。

我的小说《八月骄阳》里写到"文化大革命"，有这样一段对话：

"还有个章法没有？我可是当了一辈子安善良民，从来奉公守法。这会儿，全乱了。我这眼面前就跟'下黄土'似的，简直的。分不清东西南北了。"

"您多余操这份儿心。粮店还卖不卖棒子面?"

"卖!"

"还是的。有棒子面就行。……"

我们楼里有个小伙子,为一点事,打了开电梯的小姑娘一个嘴巴。我们都很生气,怎么可以打一个女孩子呢!我跟两个上了岁数的老北京(他们是"搬迁户",原来是住在胡同里的)说,大家应该主持正义,让小伙子当众向小姑娘认错,这二位同声说:"叫他认错?门儿也没有!忍着吧!——'穷忍着,富耐着,睡不着眯着'!""睡不着眯着"这话实在太精彩了!睡不着,别烦躁,别起急,眯着,北京人,真有你的!

北京的胡同在衰败,没落。除了少数"宅门"还在那里挺着,大部分民居的房屋都已经很残破,有的地基柱础甚至已经下沉,只有多半截还露在地面上。有些四合院门外还保存已失原形的拴马桩、上马石,记录着失去的荣华。有打不上水来的井眼、磨圆了棱角的石头棋盘,供人凭吊。西风残照,衰草离披,满目荒凉,毫无生气。

看看这些胡同的照片,不禁使人产生怀旧情绪,甚至有些伤感。但是这是无可奈何的事。在商品经济大潮的席卷之下，胡同和胡同文化总有一天会消失的。也许像西安的虾蟆陵、南京的乌衣巷，还会保留一两个名目，使人怅望低徊。

再见吧，胡同。

岁交春

今年春节大年初一立春，是"岁交春"。这是很难得的。语云："千年难逢龙华会，万年难逢岁交春。"一万年，当然是不需要的，但总是很少见。我今年七十二岁了，好像头一回赶上。岁交春，是很吉利的，这一年会风调雨顺，那敢情好。

中国过去对立春是很重视的。"春打六九头"，到了六九，不会再有很冷的天，是真正的春天了。"农人告余以春及，将有事于西畴"，是准备春耕的时候了。这是个充满希望的节气。

宋朝的时候，立春前一天，地方官要备泥牛，送入宫内，让宫人用柳条鞭打，谓之"鞭春"。"打春"之说，盖始于宋。

我的家乡则在立春日有穷人制泥牛送到各家，牛约五六寸至尺许大，涂了颜色。有的还有一个小泥人，是芒神，我的家乡不知道为什么叫他"奥芒子"。送到时，用唢呐吹短曲，供之神案上，可以得到一点赏钱，叫作"送春牛"。老年间的黄历上都印有"春牛图"，注明牛是什么颜色，芒神着什么颜色的衣裳。这些颜色不知是根据什么规定的。送春牛仪式并不隆重，但我很愿意站在旁边看，而且有一种说不出来的感动。

北方人立春要吃萝卜，谓之"咬春"。春而可咬，很有诗意。这天要吃生菜，多用新葱、青韭、蒜黄，叫作"五辛盘"。生菜是卷饼吃的。陈元春《岁时广记》引《唐四时宝镜》："立春日，食芦菔、春饼、生菜，号'春盘'。"《北平风俗类征·岁时》："是月如遇立春……富家食春饼。备酱熏及炉烧盐腌各肉，并各色炒菜，如菠菜、豆芽菜、干粉、鸡蛋等，而以面烙薄饼卷而食之，故又名薄饼。"

吃春饼不一定是北方人。据我所知，福建人也是爱吃的，办法和北京人也差不多。我在舒婷家就吃过。

就要立春了，而且是"岁交春"，我颇有点兴奋，这好像有点孩子气。原因就是那天可以吃春饼。作打油诗一首，以志兴奋：

> 不觉七旬过二矣，
> 何期辛遇岁交春。
> 鸡豚早办须兼味，
> 生菜偏宜簇五辛。

薄禄何如饼在手，
浮名得似酒盈樽？
寻常一饱增惭愧，
待看沿河柳色新。

星斗其文，赤子其人

沈先生逝世后，傅汉斯、张充和从美国电传来一副挽辞。字是晋人小楷，一看就知道是张充和写的。词想必也是她拟的。只有四句：

> 不折不从　亦慈亦让
>
> 星斗其文　赤子其人

这是嵌字格，但是非常贴切，把沈先生的一生概括得很全面。这位四妹对三姐夫沈二哥真是非常了解。——荒芜同志编了一本《我所认识的沈从文》，写得最好的一篇，我以为也应该是张充和写的《三姐夫沈二哥》。

沈先生的血管里有少数民族的血液。他在填履历表时，"民族"一栏里填土家族或苗族都可以，可以由他自由选择。湘西有少数民族血统的人大都有一股蛮劲，狠劲，做什么都要做出一个名堂。黄永玉就是这样的人。沈先生瘦瘦小小（晚年发胖了），但是有用不完的精力。他小时是个顽童，爱游泳（他叫"游水"）。进城后好像就不游了。三姐（师母张兆和）很想看他游一次泳，但是没有看到。我当然更没有看到过。他少年当兵，漂泊转徙，很少连续几晚睡在同一张床上。吃的东西，最好的不过是切成四方的大块猪肉（煮在豆芽菜汤里）。行军、拉船，锻炼出一副极富耐力的体魄。二十岁冒冒失失地闯到北平来，举目无亲。连标点符号都不会用，就想用手中一支笔打出一个天下。经常为弄不到一点东西"消化消化"而发愁。冬天屋里生不起火，用被子围起来，还是不停地写。我一九四六年到上海，因为找不到职业，情绪很坏，他写信把我大骂了一顿，说："为了一时的困难，就这样哭哭啼啼的，甚至想到要自杀，真是没出息！你手中有一支笔，怕什么！"他在信里说了一些他刚到北京时的情形。——同时又叫三姐从苏州写了一封很长的信安慰我。他真的用一支笔打出了一个天下了。一个只读过小学的人，竟成了一个大作家，而且积累了那么多的学问，真是一个奇迹。

沈先生很爱用一个别人不常用的词："耐烦"。他说自己不是天才（他应当算是个天才），只是耐烦。他对别人的称赞，也常说"要算耐烦"。看见儿子小虎搞机床设计时，说"要算耐烦"。看见孙女小红做作业时，也说"要算耐烦"。他的"耐烦"，意思就是锲而不舍，不怕费劲。一个时期，沈先生每个月都要发表几篇小说，每年都要出几本书，被称为"多产作家"，但是写东西不是很快的，从来不是一挥而就。他年轻时常常日以继夜地写。他常流鼻血。血液凝聚力差，一流起来不易止住，很怕人。有时夜间写作，竟致晕倒，伏在自己的一摊鼻血里，第二天才被人发现。我就亲眼看到过他的带有鼻血痕迹的手稿。他后来还常流鼻血，不过不那么厉害了。他自己知道，并不惊慌。很奇怪，他连续感冒几天，一流鼻血，感冒就好了。他的作品看起来很轻松自如，若不经意，但都是苦心刻琢出来的。《边城》一共不到七万字，他告诉我，写了半年。他这篇小说是《国闻周报》上连载的，每期一章。小说共二十一章，$21 \times 7 = 147$，我算了算，差不多正是半年。这篇东西是他新婚之后写的，那时他住在达子营。巴金住在他那里。他们每天写，巴老在屋里写，沈先生搬个小桌子，在院子里树荫下写。巴老写了一个长篇，沈先生写了《边城》。他称他的小说为"习作"，并不完全是谦虚。有些小说是为了教创作课给学生示范而写的，因此试验了各种方法。为了教学生写对话，有的小说通篇都用对话组成，如《若墨医生》；有的，一句对话也没有。《月下小景》确是为了履行许给张家小五的诺言"写故事给你看"而写的。同时，当然是为了试验一下"讲故事"的方法（这一组"故事"明显地看得出受了《十日谈》和《一千零一夜》的影响）。同时，也为了试验一下把六朝译经和口语结合的文体。这种试验，后来形成一种他自己说是"文白夹杂"的独特的沈从文体，在四十年代的文字（如《烛虚》）中尤为成熟。他的亲戚，语言学家周有光曾说"你的语言是古英语"，甚至是拉丁文。沈先生讲创作，不大爱说"结构"，他说是"组织"。我也比较喜欢"组织"这个词。"结构"过于理智，"组织"更带感情，较多作者的主观。他曾把一篇小说一条一条地裁开，用不同方法组织，看看哪一种形式更为合适。沈先生爱改自己的文章。他的原稿，一改再改，天头地脚页边，都是修改的字迹，蜘蛛网似的，这里牵出一条，那里牵出一条。作品发表了，改。成书了，改。看到自己的文章，总要改。有时改了多次，反而不如原来的，以至三姐后来不许他改了（三姐是沈先生文集的一个极其细心、极其认真的义务责任编辑）。沈先生的作品写得最快，最顺畅，改得最少的，只有一本《从文自传》。这本自传没有经过冥思苦想，只用了三个星期，一气呵成。

他不大用稿纸写作。在昆明写东西，是用毛笔写在当地出产的竹纸上的，自己折出印子。他也用钢笔，蘸水钢笔。他抓钢笔的手势有点像抓毛笔（这一点可以证明他不是洋学堂出身）。《长河》就是用钢笔写的，写在一个硬面的练习簿上，直行，两面写。他的原稿的字很清楚，不潦草，但写的是行书。不熟悉他的字体的排字工人是会感到困难的。他晚年写信写文章爱用秃笔淡墨。用秃笔写那样小的字，不但清楚，而且顿挫有致，真是一个功夫。

他很爱他的家乡。他的《湘西》《湘行散记》和许多篇小说可以做证。他不止一次和我谈起棉花坡，谈起枫树坳，——一到秋天满城落了枫树的红叶。一说起来，不胜神往。黄永玉画过一张凤凰沈家门外的小巷，屋顶墙壁颇零乱，有大朵大朵的红花——不知是不是夹竹桃，画面颜色很浓，水气泱泱。沈先生很喜欢这张画，说："就是这样！"八十岁那年，和三姐一同回了一次凤凰，领着她看了他小说中所写的各处，都还没有大变样。家乡人闻知沈从文回来了，简直不知怎样招待才好。他说："他们为我捉了一只锦鸡！"锦鸡毛羽很好看，他很爱那只锦鸡，还抱着它照了一张相，后来知道竟做了他的盘中餐，对三姐说"真煞风景！"锦鸡肉并不怎么好吃。沈先生说及时大笑，但也表现出对乡人的殷勤十分感激。他在家乡听了傩戏，这是一种古调犹存的很老的弋阳腔。打鼓的是一位七十多岁的老人，他对年轻人打鼓失去旧范很不以为然。沈先生听了，说："这是楚声，楚声！"他动情地听着"楚声"，泪流满面。

沈先生八十岁生日，我曾写了一首诗送他，开头两句是：

犹及回乡听楚声，

此身虽在总堪惊。

　　端木蕻良看到这首诗，认为"犹及"二字很好。我写下来的时候就有点觉得这不大吉利，没想到沈先生再也不能回家乡听一次了！他的家乡每年有人来看他，沈先生非常亲切地和他们谈话，一坐半天。每当同乡人来了，原来在座的朋友或学生就只有退避在一边，听他们谈话。沈先生很好客，朋友很多。老一辈的有林宰平、徐志摩。沈先生提及他们时充满感情。没有他们的提挈，沈先生也许就会当了警察，或者在马路旁边"瘛了"。我认识他后，他经常来往的有杨振声、张奚若、金岳霖、朱光潜诸先生，梁思成林徽因夫妇。他们的交往真是君子之交，既无朋党色彩，也无酒食征逐。清茶一杯，闲谈片刻。杨先生有一次托沈先生带信，让我到南锣鼓巷他的住处去，我以为有什么事。去了，只是他亲自给我煮一杯咖啡，让我看一本他收藏的姚茫父的册页。这册页的芯子只有火柴盒那样大，横的，是山水，用极富金石味的墨线勾轮廓，设极重的青绿，真是妙品。杨先生对待我这个初露头角的学生如此，则其接待沈先生的情形可知。杨先生和沈先生夫妇曾在颐和园住过一个时期，想来也不过是清晨或黄昏到后山谐趣园一带走走，看看湖里的金丝莲，或写出一张得意的字来，互相欣赏欣赏，其余时间各自在屋里读书做事，如此而已。沈先生对青年的帮助真是不遗余力。他曾经自己出钱为一个诗人出了第一本诗集。一九四七年，诗人柯原的父亲故去，家中拉了一笔债，沈先生提出卖字来帮助他。《益世报》登出了沈从文卖字的启事，买字的可定出规格，而将价款直接寄给诗人。柯原一九八〇年去看沈先生，沈先生才记起有这回事。他对学生的作品细心修改，寄给相熟的报刊，尽量争取发表。他这辈子为学生寄稿的邮费，加起来是一个相当可观的数字。抗战时期，通货膨胀，邮费也不断涨，往往寄一封信，信封正面反面都得贴满邮票。为了省一点邮费，沈先生总是把稿纸的天头地脚页边都裁去，只留一个稿芯，这样分量轻一点。稿子发表了，稿费寄来，他必为亲自送去。李霖灿在丽江画玉龙雪山，他的画都是寄到昆明，由沈先生代为出手的。我在昆明写的稿子，几乎无一篇不是他寄出去的。一九四六年，郑振铎、李健吾先生在上海创办《文艺复兴》，沈先生把我的《小学校的钟声》和《复仇》寄去。这两篇稿子写出已经有几年，当时无地方可发表。稿子是用毛笔楷书写在学生作文的绿格本上的，郑先生收到，发现稿纸上已经叫蠹虫蛀了好些洞，使他大为激动。沈先生对我这个学生是很喜欢的。为了躲避日本飞机空袭，他们全家有一阵住在呈贡新街后迁跑马山桃源新村。

沈先生有课时进城住两三天。他进城时，我都去看他。交稿子，看他收藏的宝贝，借书。沈先生的书是为了自己看，也为了借给别人看的。"借书一痴，还书一痴"，借书的痴子不少，还书的痴子可不多。有些书借出去一去无踪。有一次，晚上，我喝得烂醉，坐在路边，沈先生到一处演讲回来，以为是一个难民，生了病，走近看看，是我！他和两个同学把我扶到他住处，灌了好些酽茶，我才醒过来。有一回我去看他，牙疼，腮帮子肿得老高。沈先生开了门，一看，一句话没说，出去买了几个大橘子抱着回来了。沈先生的家庭是我见到的最好的家庭，随时都在亲切和谐气氛中。两个儿子，小龙小虎，兄弟怡怡。他们都很高尚清白，无丝毫庸俗习气，无一句粗鄙言语，——他们都很幽默，但幽默得很温雅。一家人于钱上都看得很淡。《沈从文文集》的稿费寄到，九千多元，大概开过家庭会议，又从存款中取出几百元，凑成一万，寄到家乡办学。沈先生也有生气的时候，也有极度烦恼痛苦的时候，在昆明，在北京，我都见到过，但多数时候都是笑眯眯的。他总是用一种善意的、含情的微笑，来看这个世界的一切。到了晚年，喜欢放声大笑，笑得合不拢嘴，且摆动双手作势，真像一个孩子。只有看破一切人事乘除，得失荣辱，全置度外，心地明净无渣滓的人，才能这样畅快地大笑。

　　沈先生五十年代后放下写小说散文的笔（偶然还写一

点，笔下仍极活泼，如写纪念陈翔鹤文章，实写得极好），改业钻研文物，而且钻出了很大的名堂，不少中国人、外国人都很奇怪。实不奇怪。沈先生很早就对历史文物有很大兴趣。他写的关于展子虔《游春图》的文章，我以为是一篇重要文章，从人物服装颜色式样考订图画的年代和真伪，是别的鉴赏家所未注意的方法。他关于书法的文章，特别是对宋四家的看法，很有见地。在昆明，我陪他去遛街，总要看看市招，到裱画店看看字画。昆明市政府对面有一堵大照壁，写满了一壁字（内容已不记得，大概不外是总理遗训），字有七八寸见方大，用二爨掺一点北魏造像题记笔意，白墙蓝字，是一位无名书家写的，写得实在好。我们每次经过，都要去看看。昆明有一位书法家叫吴忠荩，字写得极多，很多人家都有他的字，家家裱画店都有他的刚刚裱好的字。字写得很熟练，行书，只是用笔枯扁，结体少变化。沈先生还去看过他，说"这位老先生写了一辈子字！"意思颇为他水平受到限制而惋惜。昆明碰碰撞撞都可见到黑漆金字抱柱楹联上钱南园的四方大颜字，也还值得一看。沈先生到北京后即喜欢搜集瓷器。有一个时期，他家用的餐具都是很名贵的旧瓷器，只是不配套，因为是一件一件买回来的。他一度专门搜集青花瓷。买到手，过一阵就送人。西南联大好几位助教、研究生结婚时都收到沈先生送的雍正青花的茶杯或酒杯。

沈先生对陶瓷赏鉴极精，一眼就知是什么朝代的。一个朋友送我一个梨皮色釉的粗瓷盒子，我拿去给他看，他说："元朝东西，民间窑！"有一阵搜集旧纸，大都是乾隆以前的。多是染过色的，瓷青的、豆绿的、水红的，触手细腻到像煮熟的鸡蛋白外的薄皮，真是美极了。至于茧纸、高丽发笺，那是凡品了。（他搜集旧纸，但自己舍不得用来写字。晚年写字用糊窗户的高丽纸，他说："我的字值三分钱。"）

在昆明，搜集了一阵耿马漆盒。这种漆盒昆明的地摊上很容易买到，且不贵。沈先生搜集器物的原则是"人弃我取"。其实这种竹胎的，涂红黑两色漆，刮出极繁复而奇异的花纹的圆盒是很美的。装点心，装花生米，装邮票杂物均合适，放在桌上也是个摆设。这种漆盒也都陆续送人了。客人来，坐一阵，临走时大都能带走一个漆盒。有一阵研究中国丝绸，弄到许多大藏经的封面，各种颜色都有：宝蓝的、茶褐的、肉色的，花纹也是各式各样。沈先生后来写了一本《中国丝绸图案》。有一阵研究刺绣。除了衣服、裙子，弄了好多扇套、眼镜盒、香袋。不知他是从哪里"寻摸"来的。这些绣品的针法真是多种多样。我只记得有一种绣法叫"打子"，是用一个一个丝线疙瘩缀出来的。他给我看一种绣品，叫"七色晕"，用七种颜色的绒绣成一个团花，看了真叫人发晕。他搜集、研究这些东西，不是为了消遣，是从中发现、证实中国历史文化的优越这个角度出发的，研究时充满感情。我在他八十岁生日写给他的诗里有一联：

玩物从来非丧志，

著书老去为抒情。

这全是记实。沈先生提及某种文物时常是赞叹不已。马王堆那副不到一两重的纱衣，他不知说了多少次。刺绣用的金线原来是盲人用一把刀，全凭手感，就金箔上切割出来的。他说起时非常感动。有一个木俑（大概是楚俑）一尺多高，衣服非常特别：上衣的一半（连同袖子）是黑色，一半是红的；下裳正好相反，一半是红的，一半是黑的。沈先生说："这真是现代派！"如果照这样式（一点不用修改）做一件时装，拿到巴黎去，由一个长身细腰的模特儿穿起来，到表演台上转那么一转，准能把全巴黎都"镇"了！他平生搜集的文物，在他生前全都分别捐给了几个博物馆、工艺美术院校和工艺美术工厂，连收条都不要一个。

沈先生自奉甚薄。穿衣服从不讲究。他在《湘行散记》里说他穿了一件细毛料的长衫，这件长衫我可没见过。我见他时总是一件洗得褪了色的蓝布长衫，夹着一摞书，匆匆忙忙地走。解放后是蓝卡其布或涤卡的干部服，黑灯芯绒的"懒汉鞋"。有一年做了一件皮大衣（我记得是从房东手里买的一件旧皮袍改制的，灰色粗线呢面），他穿在身上，说是很暖和，高兴得像一个孩子。吃得很清淡。我没见他下过一次馆子。在昆明，我到文林街二十号他的宿舍去看他，到吃饭时总是到对面米线铺吃一碗一角三分钱的米线。有时加一个西红柿，打一个鸡蛋，超不过两角五分。三姐是会做菜的，会做八宝糯米鸭，炖在一个大砂锅里，但不常做。他们住在中老胡同时，有时张充和骑自行车到前门月盛斋买一包烧羊肉回来，就算加了菜了。在小羊宜宾胡同时，常吃的不外是炒四川的菜头，炒慈姑。沈先生爱吃慈姑，说"这个好，比土豆'格'高"。他在《自传》中说他很会炖狗肉，我在昆明，在北京都没见他炖过一次。有一次他到他的助手王亚蓉家去，先来看看我（王亚蓉住在我们家马路对面，——他七十多了，血压高到二百多，还常为了一点研究资料上的小事到处跑），我让他过一会儿来吃饭。他带来一卷画，是古代马戏图的摹本，实在是很精彩。他非常得意地问我的女儿："精彩吧？"那天我给他做了一只烧羊腿，一条鱼。他回家一再向三姐称道："真好吃。"他经常吃的荤菜是：猪头肉。

他的丧事十分简单。他凡事不喜张扬，最反对搞个人的纪念活动。反对"办生做寿"。他生前累次嘱咐家人，他死后，不开追悼会，不举行遗体告别。但火化之前，总要有一点仪式。新华社消息的标题是沈从文告别亲友和读者，是合适的。只通知少数亲友。——有一些景仰他的人是未接通知自己去的。不收花圈，只有约二十多个布满鲜花的花篮，很大的白色的百合花、康乃馨、菊花、菖兰。参加仪式的人也不戴纸制的白花，但每人发给一枝半开的月季，行礼后放在遗体边。不放哀乐，放沈先生生前喜爱的音乐，如贝多芬的"悲怆"奏鸣曲等。沈先生面色如生，很安详地躺着。我走近他身边，看着他，久久不能离开。这样一个人，就这样地去了。我看他一眼，又看一眼，我哭了。

沈先生家有一盆虎耳草，种在一个椭圆形的小小钧窑盆里。很多人不认识这种草。这就是《边城》里翠翠在梦里采摘的那种草，沈先生喜欢的草。

晚　年

　　我们楼下随时有三个人坐着。他们都是住在这座楼里的。每天一早，吃罢早饭，他们各人提了马扎，来了。他们并没有约好，但是时间都差不多，前后差不了几分钟。他们在副食店墙根下坐下，挨得很近。坐到快中午了，回家吃饭。下午两点来钟，又来坐着，一直坐到副食店关门了，回家吃晚饭。只要不是刮大风，下雨，下雪，他们都在这里坐着。

　　一个是老佟。和我住一层楼，是近邻。有时在电梯口见着，也寒暄两句："吃啦？"、"上街买菜？"解放前他在国民党一个什么机关当过小职员，解放后拉过几年排子车，早退休了。现在过得还可以。一个孙女已经读大学三年级了。他八十三岁了。他的相貌举止没有什么特别的地方。脑袋很圆，面色微黑，有几块很大的老人斑。眼色总是平静的。他除了坐着，有时也遛个小弯，提着他的马扎，一步一步，走得很慢。

一个是老辛。老辛的样子有点奇特。块头很大，肩背又宽又厚，身体结实如牛。脸色紫红紫红的。他的眉毛很浓，不是两道，而是两丛。他的头发、胡子都长得很快。刚剃了头没几天，就又是一头乌黑的头发，满腮乌黑的短胡子。好像他的眉毛也在不断往外长。他的眼珠子是乌黑的。他的神情很怪。坐得很直，脑袋稍向后仰，蹙着浓眉，双眼直视路上行人，嘴唇嗫着，好像在往里用力地吸气。好像愤愤不平，又像藐视众生，看不惯一切，心里在想：你们是什么东西！我问过同楼住的街坊：他怎么总是这样的神情？街坊说：他就是这个样子！后来我听说他原来是一个机关食堂煮猪头肉、猪蹄、猪下水的。那么他是不会怒视这个世界，蔑视谁的。他就是这个样子。他怎么会是这个样子呢？他脑子里在想什么？还是什么都不想？他岁数不大，六十刚刚出头，退休还不到两年。

一个是老许。他最大，八十七了。他面色苍黑，有几颗麻子，看不出有八十七了——看不出有多大年龄。这老头怪有意思。他有两串数珠，——说"数珠"不大对，因为他并不信佛，也不"掐"它。一串是山核桃的，一串是山桃核的。有时他把两串都带下来，绕在腕子上。有时只带一串山桃核的，因为山桃核的太大，也沉。山桃核有年头了，已经叫他的腕子磨得很光润。他不时将他的数珠改装一次，拆散了，加几个原来是钉在小孩子帽子上的小银铃铛之类的东西，再穿好。有一次是加了十个算盘珠。过路人有的停下来看看他的数珠，他就把袖子向上提提，叫数珠露出更多。他两手戴了几个戒指，一看就是黄铜的，然而，他告诉人是金的。他用一个钥匙链，一头拴在纽扣上，一头拖出来，塞在左边的上衣口袋里，就像早年间戴怀表一样。他自己感觉，这就是怀表。他在上衣口袋里插着两支塑料圆珠笔的空壳——是他的孙女用剩下的，一支白色的，一支粉红。我问老佟："他怎么爱搞这些？"老佟说："弄好些零碎！"他年轻时"跑"过"腿"，做过买卖。我很想跟他聊聊。问他话，他只是冲我笑笑。老佟说："他是个聋子。"

这三个在一处一坐坐半天，彼此都不说话。既然不说话，为什么坐得挨得这样近呢？大概人总得有个伴，即使一句话也不说。

老辛得过一次小中风，（他这样结实的身体怎么会中风呢？）但是没多少时候就好了。现在走起路来脚步还有一点沉。不过他原来脚步就很重。

老佟摔了一跤，骨折了，在家里躺着，起不来。因此在楼下坐着的，暂时只有两个人。不过老佟的骨折会好的，我想。

老许看样子还能活不少年。

大妈们

我们楼里的大妈们都活得有滋有味，使这座楼增加了不少生气。

许大妈是许老头的老伴，比许老头小十几岁，身体挺好，没听说她有什么病。生病也只有伤风感冒，躺两天就好了。她有一根花椒木的拐杖，本色，很结实，但是很轻巧，一头有两个杈，像两个小犄角。她并不用它来拄着走路，而是用来扛菜。她每天到铁匠营农贸市场去买菜，装在一个蓝布兜里，把布兜的襻套在拐杖的小犄角上，扛着。她买的菜不多，多半是一把韭菜或一把茴香。走到刘家窑桥下，坐在一块石头上，把菜倒出来，择菜。择韭菜、择茴香。择完了，抖落抖落，把菜装进布兜，又用花椒木拐杖扛起来，往回走。她很和善，见人也打招呼，笑笑，但是不说话。她用拐杖扛菜，不是为了省劲，好像是为了好玩。到了家，过不大会儿，就听见她乒乒乓乓地剁菜。剁韭菜、剁茴香。她们家爱吃馅儿。

奚大妈是河南人，和传达室小邱是同乡，对小邱很关心，很照顾。她最放不下的一件事，是给小邱张罗个媳妇。小邱已经三十五岁，还没有结婚。她给小邱张罗过三个对象，都是河南人，是通过河南老乡关系间接认识的。第一个是奚大妈一个村的。事情已经谈妥，这女的已经在小邱床上睡了几个晚上。一天，不见了，跟在附近一个小旅馆里住着的几个跑买卖的山西人跑了。第二个在一个饭馆里当服务员。也谈得差不多了，女的说要回家问问哥哥的意见。小邱给她买了很多东西：衣服、料子、鞋、头巾……借了一辆平板三轮，装了半车，蹬车送她上火车站。不料一去再无音信。第三个也是在饭馆里当服务员的，长得很好看，高颧骨，大眼睛，身材也很苗条。就要办事了，才知道这女的是个"石女"。奚大妈叹了一口气："唉！这事儿闹的！"

　　江大妈人非常好，非常贤慧，非常勤快，非常爱干净。她家里真是一尘不染。她整天不断地擦、洗、掸、扫。她的衣着也非常干净，非常利索。裤线总是笔直的。她爱穿坎肩，铁灰色毛涤纶的，深咖啡色薄呢的，都熨熨帖帖。她很注意穿鞋，鞋的样子都很好。她的脚很秀气。她已经过六十了，近看脸上也有皱纹了，但远远一看，说是四十来岁也说得过去。她还能骑自行车，出去买东西，买菜，都是骑车去。看她跨上自行车，一踩脚蹬，哪像是已经有了四岁大的孙子的人哪！她平常也不大出门，老是不停地收拾屋子。她不是不爱理人，有时也和人聊聊天，说说这楼里的事，但语气很宽厚，不嚼老婆舌头。

顾大妈是个胖子。她并不胖得腮帮的肉都往下掉，只是腰围很粗。她并不步履蹒跚，只是走得很稳重，因为搬动她的身体并不很轻松。她面白微黄，眉毛很淡。头发稀疏，但是总是梳得很整齐服帖。她原来在一个单位当出纳，是干部。退休了，在本楼当家属委员会委员，也算是干部。家属委员会委员的任务是要换购粮本、副食本了，到各家敛了来，办完了，又给各家送回去。她的干部意识根深蒂固，总觉得自己不是一个家庭妇女。别的大妈也觉得她有架子，很少跟她过话。她爱和本楼的退休了的或尚未退休的女干部说话。说她自己的事。说她的儿女在单位很受器重；说她原来的领导很关心她，逢春节都要来看看她……

在这条街上任何一个店铺里，只要有人一学丁大妈雄赳赳气昂昂走路的神气，大家就知道这学的是谁，于是都哈哈大笑，一笑笑半天。丁大妈的走路，实在是少见。头昂着，胸挺得老高，大踏步前进，两只胳臂前后甩动，走得很快。她头发乌黑，梳得整齐。面色紫褐，发出铜光，脸上的纹路清楚，如同刻出。除了步态，她还有一特别处：她穿的上衣，都是大襟的。料子是讲究的。夏天，派力司；

春秋天，平绒；冬天，下雪，穿羽绒服。羽绒服没有大襟的。她为什么爱穿大襟上衣？这是习惯。她原是崇明岛的农民，吃过苦。现在苦尽甘来了。她把儿子拉扯大了。儿子、儿媳妇都在美国，按期给她寄钱。她现在一个人过，吃穿不愁。她很少自己做饭，都是到粮店买馒头，买烙饼，买面条。她有个外甥女，是个时装模特儿，常来看她，很漂亮。这外甥女，楼里很多人都认识。她和外甥女上电梯，有人招呼外甥女："你来了！"——"我每星期都来。"丁大妈说："来看我！"非常得意。丁大妈活得非常得意，因此她雄赳赳气昂昂。

罗大妈是个高个儿，水蛇腰。她走路也很快。但和丁大妈不一样：丁大妈大踏步，罗大妈步子小。丁大妈前后甩胳臂，罗大妈胳臂在小腹前左右摇。她每天"晨练"，走很长一段，扭着腰，摇着胳臂。罗大妈没牙，但是乍看看不出来，她的嘴很小，嘴唇很薄。她这个岁数——她也就是五十出头吧，不应该把牙都掉光了，想是牙有病，拔掉的。没牙，可是话很多，是个连片子嘴。

乔大妈一头银灰色的卷发。天生的卷。气色很好。她活得兴致勃勃。她起得很早，每天到天坛公园"晨练"，打一趟太极拳，练一遍鹤翔功，遛一个大弯。然后顺便到法华寺菜市场买一提兜菜回来。她爱做饭，做北京"吃儿"。蒸素馅包子，炒疙瘩，摇棒子面嘎嘎……她对自己做的饭非常得意。"我蒸的包子，好吃极了"，"我炒的疙瘩，好吃极了"，"我摇的嘎嘎，好吃极了！"她间长不短去给她的孙子做一顿中午饭。他儿子儿媳妇不跟她一起住，单过。儿子儿媳是"双职工"，中午顾不上给孩子做饭。"老让孩子吃方便面，那哪成！"她爱养花，阳台上都是花。她从天坛东门买回来一大把芍药骨朵，深紫色的。"能开一个月！"

　　大妈们常在传达室外面院子里聚在一起闲聊天。院子里放着七八张小凳子、小椅子，她们就错错落落地分坐着。所聊的无非是一些家长里短。谁家买了一套组合柜，谁家拉回来一堂沙发，哪儿买的、多少钱买的，她们都打听得很清楚。谁家的孩子上"学前班"，老不去，"淘着哪！"谁家两口子吵架，又好啦，挎着胳臂上游乐园啦！乔其纱现在不时兴啦，现在兴"砂洗"……大妈们有一个好处，倒不搬弄是非。楼里有谁家结婚，大妈们早就在院里等着了。她们看扎着红彩绸的小汽车开进来，看放鞭炮，看新娘子从汽车里走出来，看年轻人往新娘子头发上撒金银色纸屑……

老 董

> 为了写国子监，我到国子监去逛了一趟，不得要领。从首都图书馆抱了几十本书回来，看了几天，看得眼花气闷，而所得不多。后来，我去找一个"老"朋友聊了两个晚上，倒像是明白了不少事情。我这朋友世代在国子监当差，"侍候"过翁同龢、陆润庠、王垿等祭酒，给新科状元打过"状元及第"的旗，国子监生人，今年七十三岁，姓董。
>
> ——引自《国子监》

我写《国子监》大概是一九五四年，老董如果活着，已经一百一十岁了。

我认识老董是在午门历史博物馆，时间大概是一九四八年春末夏初。

老历史博物馆人事简单，馆长以下有两位大学毕业生，一位是学考古的，一位是学博物馆专业的；一位马先生管仓库，一位张先生是会计，一个小赵管采购，以上是职员。有八九个工人。工人大部分是陈列室的看守，看着正殿上的宝座、袁世凯祭孔时官员穿的道袍不像道袍的古怪服装、没有多大价值的文物。有一个工人是个聋子，专管扫地，扫五凤楼前的大石坪、甬道。聋子爱说话，但是他的话我听不懂，只知道他原先是银行职员，不知道怎样沦为工人了。再有就是老董和他的儿子德启。老董只管掸掸办公室的尘土，拔拔广坪石缝中的草。德启管送信。他每天把一堆信排好次序，"绺一绺道"，跨上自行车出天安门。

老董曾经"阔"过。

据朋友老董说，纳监的监子除了要向吏部交一笔钱，领取一张"护照"外，还需向国子监交钱领"监照"——就是大学毕业证书。照例一张监照，交银一两七钱。国子监旧例，积银二百八十两，算一个"字"，按"千字文"数，有一个字算一个字，平均每年约收入五百字上下。我算了算，每年国子监收入的监照银约有十四万两。……这十四万两银子照国家规定是不上缴的，由国子监官吏皂役按份摊分，……

据老董说，连他一个"字"也分五钱八分，一年也从这一项上收入二百八九十两银子！

老董说，国子监还有许多定例。比如，像他，是典籍厅的刷印匠，管给学生"做卷"——印制作文用的红格本子，这事包给了他，每月领十三两银子。他父亲在时还会这宗手艺，到他时则根本没有学过，只是到大栅栏口买一刀毛边纸，拿到琉璃厂找铺子去印，成本共花三两，剩下十两，是他的。所以，老董说，那年头，手里的钱花不清——烩鸭条才一吊四百钱一卖！

——《国子监》

据老董说，他儿子德启娶亲，搭棚办事，摆了三十桌，——当然这样的酒席只是"肉上找"，没有海参鱼翅，而且是要收份子的，但总也得花不少钱。

他什么时候到历史博物馆来，怎么来的，我没有问过他。到我认识他时，他已经不是"手里的钱花不清"了，吃穿都很紧了。

历史博物馆的职工中午大都是回家吃，有的带一顿饭来。带来的大都是棒子面窝头、贴饼子。只有小赵每天都带白面烙饼，用一块屉布包着，显得很"特殊化"。小赵原来打小鼓的出身，家里有点积蓄。

老董在馆里住，饭都是自己做。他的饭很简单，凑凑合合，小米饭。上顿没吃完，放一点水再煮煮，拨一点面疙瘩，他说这叫"鱼儿钻沙"。有时也煮一点大米饭。剩饭和面和在一起，擀一擀，烙成饼。这种米饭面饼，我还没见过别人做过。菜，一块熟疙瘩，或是一团干虾酱，咬一口熟疙瘩、干虾酱，吃几口饭。有时也做点熟菜，熬白菜。他说北京好，北京的熬白菜也比别处好吃，——五味神在北京。"五味神"是什么神？我至今没有考查出来。

他对这样凑凑合合的一日三餐似乎很"安然"，有时还颇能自我调侃，但是内心深处是个愤世者。生活的下降，他是不会满意的。他的不满，常常会发泄在儿子身上。有时为了一两句话，他会忽然暴怒起来，跳到廊子上，跪下来对天叩头："老天爷，你看见了？老天爷，你睁睁眼！"

每逢老董发作的时候，德启都是一声不言语，靠在椅子里，脸色铁青。

别的人，也都不言语。因为知道老董的感情很复杂，无从解劝。

老董没有嗜好。年轻时喝黄酒，但自我认识他起，他滴酒不沾。他也不抽烟。我写了《国子监》，得了一点稿费，因为有些材料是他提供的，我买了一个玛瑙鼻烟壶，烟壶的顶盖是珊瑚的，送给他。他很喜爱。我还送了他一小瓶鼻烟，但是没见他闻过。

一九六〇年（那正是"三年自然灾害"的后期）我到东堂子胡同历史博物馆宿舍去看我的老师沈从文，一进门，听到一个人在传达室里骂大街，一听，是老董：

"我操你们的祖宗！操你八辈的祖奶奶！我八十多岁了，叫我挨饿！操你们的祖宗，操你们的祖奶奶！"

没有人劝。骂让他骂去吧，一个八十多的老人了，谁也不能把他怎么样。

老董经过前清、民国、袁世凯、段祺瑞、北伐、日本、国民党、共产党，他经过的时代太多了。老董如果把他的经历写出来，将是一本非常精彩的回忆录（老董记性极好，哪年哪月，白面多少钱一袋，他都记得一清二楚），这可能是一份珍贵史料——尽管是野史。可惜他没有写，也没有人让他口述记录下来。

闹市闲民

　　我每天在西四倒 101 路公共汽车回甘家口。直对 101 站牌有一户人家。一间屋，一个老人。天天见面，很熟了。有时车老不来，老人就搬出一个马扎儿来："车还得会子，坐会儿。"

　　屋里陈设非常简单（除了大冬天，他的门总是开着），一张小方桌，一个方杌凳，三个马扎儿，一张床，一目了然。

　　老人七十八岁了，看起来不像，顶多七十岁。气色很好。他经常戴一副老式的圆镜片的浅茶晶的养目镜——这副眼镜大概是他身上唯一值钱的东西。眼睛很大，一点没有混浊，眼角有深深的鱼尾纹。跟人说话时总带着一点笑意，眼神如一个天真的孩子。上唇留了一撮疏疏的胡子，花白了。他的人中很长，唇髭不短，但是遮不住他的微厚而柔软的上唇。——相书上说人中长者多长寿，信然。他的头发也花白了，向后梳得很整齐。他长年穿一套很宽大的蓝制服，天凉时套一件黑色粗毛线的很长的背心。圆口布鞋、草绿色线袜。

从攀谈中我大概知道了他的身世。他原来在一个中学当工友，早就退休了。他有家。有老伴。儿子在石景山钢铁厂当车间主任。孙子已经上初中了。老伴跟儿子。他不愿跟他们一起过，说是："乱！"他愿意一个人。他的女儿出嫁了。外孙也大了。儿子有时进城办事，来看看他，给他带两包点心，说会子话。儿媳妇、女儿隔几个月来给他拆洗拆洗被窝。平常，他和亲属很少来往。

他的生活非常简单。早起扫扫地，扫他那间小屋，扫门前的人行道。一天三顿饭。早点是干馒头就咸菜喝白开水。中午晚上吃面。一年三百六十五天，天天如此。他不上粮店买切面，自己做。抻条，或是拨鱼儿。他的拨鱼儿真是一绝。小锅里坐上水，用一根削细了的筷子把稀面顺着碗口"赶"进锅里。他拨的鱼儿不断，一碗拨鱼儿是一根，而且粗细如一。我为看他拨鱼儿，宁可误一趟车。我跟他说："你这拨鱼儿真是个手艺！"他说："没什么，早一点把面和上，多搅搅。"我学着他的法子回家拨鱼儿，结果成了一锅面糊糊疙瘩汤。他吃的面总是一个味儿！浇炸酱。黄酱，很少一点肉末。黄瓜丝、小萝卜，一概不要。白菜下来时，切几丝白菜，这就是"菜码儿"。他饭量不小，一顿半斤面。吃完面，喝一碗面汤（他不大喝水），涮涮碗，坐在门前的马扎儿上，抱着膝盖看街。

我有时带点新鲜菜蔬，青蛤、海蛎子、鳝鱼、冬笋、木耳菜，他总要过来看看："这是什么？"我告诉他是什么，他摇摇头："没吃过。南方人会吃。"他是不会想到吃这样的东西的。

他不种花，不养鸟，也很少遛弯儿。他的活动范围很小，除了上粮店买面，上副食店买酱，很少出门。

他一生经历了很多大事。远的不说。敌伪时期，吃混合面。傅作义。解放军进城，扭秧歌，呛呛七呛七。开国大典，放礼花。没完没了的各种运动。三年自然灾害，大家挨饿。"文化大革命"。"四人帮"。"四人帮"垮台。华国锋。华国锋下台……

然而这些都与他无关，没有在他身上留下多少痕迹。他每天还是吃炸酱面，——只要粮店还有白面卖，而且北京的粮价长期稳定——坐在门口马扎儿上看街。

他平平静静，没有大喜大忧，没有烦恼，无欲望亦无追求，天然恬淡，每天只是吃抻条面、拨鱼儿，抱膝闲看，带着笑意，用孩子一样天真的眼睛。

这是一个活庄子。

寻常茶话

我对茶实在是个外行。茶是喝的，而且喝得很勤，一天换三次叶子。每天起来第一件事，便是坐水，沏茶。但是毫不讲究。对茶叶不挑剔。青茶、绿茶、花茶、红茶、沱茶、乌龙茶。但有便喝。茶叶多是别人送的，喝完了一筒，再开一筒。喝完了碧螺春，第二天就可以喝蟹爪水仙。但是不论什么茶，总得是好一点的。太次的茶叶，便只好留着煮茶叶蛋。《北京人》里的江泰认为喝茶只是"止渴生津利小便"，我以为还有一种功能，是：提神。《陶庵梦忆》记闵老子茶，说得神乎其神。我则有点像董日铸，以为"浓、热、满三字尽茶理"。我不喜欢喝太烫的茶，沏茶也不爱满杯。我的家乡论为客人斟茶斟酒："酒要满，茶要浅"，茶斟得太满是对客人不敬，甚至是骂人。于是就只剩下一个字：浓。我喝茶是喝得很酽的。曾在机关开会，有女同志尝了我的一口茶，说是"跟药一样"。

我读小学五年级那年暑假，我的祖父不知怎么忽然高了兴，要教我读书。"穿堂"的右侧有两间空屋。里间是佛堂，挂了一幅丁云鹏画的佛像，佛的袈裟是朱红的。佛像下，是一尊乌斯藏铜佛。我的祖母每天早晚来烧一炷香。外间本是个贮藏室，房梁上挂着干菜，干的粽叶，靠墙有一坛"臭卤"，面筋、百叶、笋头、苋菜秸都放在里面臭。临窗设一方桌，便是我的书桌。祖父每天早晨来讲《论语》一章，剩下的时间由我自己写大小字各一张。大字写《圭峰碑》，小字写《闲邪公家传》，都是祖父从他的藏帖里拿来给我的。隔日作文一篇，还不是正式的八股，是一种叫作"义"的文体，只是解释《论语》的内容。题目是祖父出的。我共作了多少篇"义"，已经不记得了。只记得有一题是"孟子反不伐义"。

祖父生活俭省，喝茶却颇考究。他是喝龙井的，泡在一个深栗色的扁肚子的宜兴砂壶里，用一个细瓷小杯倒出来喝。他喝茶喝得很酽，一次要放多半壶茶叶。喝得很慢，喝一口，还得回味一下。

他看看我的字、我的"义"，有时会另拿一个杯子，让我喝一杯他的茶。真香。从此我知道龙井好喝，我的喝茶浓酽，跟小时候的熏陶也有点关系。

后来我到了外面，有时喝到龙井茶，会想起我的祖父，想起孟子反。

我的家乡有"喝早茶"的习惯，或者叫作"上茶馆"。

上茶馆其实是吃点心，包子、蒸饺、烧卖、千层糕……茶自然是要喝的。在点心未端来之前，先上一碗干丝。我们那里原先没有煮干丝，只有烫干丝。干丝在一个敞口的碗里堆成塔状，临吃，堂倌把装在一个茶杯里的佐料——酱油、醋、麻油浇入。喝热茶、吃干丝，一绝！

抗日战争时期，我在昆明住了七年，几乎天天泡茶馆。"泡茶馆"是西南联大学生特有的说法。本地人叫作"坐茶馆"，"坐"，本有消磨时间的意思，"泡"则更胜一筹。这是从北京带过去的一个字，"泡"者，长时间地沉溺其中也，与"穷泡"、"泡蘑菇"的"泡"是同一语源。联大学生在茶馆里往往一泡就是半天。干什么的都有。聊天、看书、写文章。有一位教授在茶馆是读梵文。有一位研究生，可称泡茶馆的冠军。此人姓陆，是一怪人。他曾经徒步旅行了半个中国，读书甚多，而无所著述，不爱说话。他简直是"长"在茶馆里。上午、下午、晚上，要一杯茶，独自坐着看书。他连漱洗用具都放在一家茶馆里，一起来就到茶馆里洗脸刷牙。听说他后来流落在四川，穷困潦倒而死，悲夫！

昆明茶馆里卖的都是青茶，茶叶不分等次，泡在盖碗里。文林街后来开了家"摩登"茶馆，用玻璃杯卖绿茶、红茶——滇红、滇绿。滇绿色如生青豆，滇红色似"中国红"葡萄酒，茶叶都很厚。滇红尤其经泡，三开之后，还有茶色。我觉得滇红比祁（门）红、英（德）红都好，这也许是我的偏见。当然比斯里兰卡的"利普顿"要差一些——有人喝不来"利普顿"，说是味道很怪。人之好恶，不能勉强。

我在昆明喝过大烤茶。把茶叶放在粗陶的烤茶罐里，放在炭火上烤得半焦，倾入滚水，茶香扑人。几年前在大理街头看到有烤茶罐卖，犹豫一下，没有买。买了，放在煤气灶上烤，也不会有那样的味道。

一九四六年冬，开明书店在绿杨邨请客。饭后，我们到巴金先生家喝功夫茶。几个人围着浅黄色的老式圆桌，看陈蕴珍（萧珊）"表演"：濯器、炽炭、注水、淋壶、筛茶。每人喝了三小杯。我第一次喝工夫茶，印象深刻。这茶太酽了，只能喝三小杯。在座的除巴先生夫妇，有靳以、黄裳。一转眼，四十三年了。靳以、萧珊都不在了。巴老衰病，大概没有喝一次工夫茶的兴致了。那套紫砂茶具大概也不在了。

我在杭州喝过一杯好茶。

一九四七年春，我和几个在一个中学教书的同事到杭州去玩。除了"西湖景"，使我难忘的有两样方物，一是醋鱼带把。所谓"带把"，是把活草鱼的脊肉剔下来，快刀切为薄片，其薄如纸，浇上好秋油，生吃。鱼肉发甜，鲜脆无比。我想这就是中国古代的"切脍"。一是在虎跑喝的一杯龙井。真正的狮峰龙井雨前新芽，每蕾皆一旗一枪，泡在玻璃杯里，茶叶皆直立不倒，载浮载沉，茶色颇淡，但入口香浓，直透脏腑，真是好茶！只是太贵了。一杯茶，一块大洋，比吃一顿饭还贵。狮峰茶名不虚传，但不得虎跑水不可能有这样的味道。我自此方知道，喝茶，水是至关重要的。

我喝过的好水有昆明的黑龙潭泉水。骑马到黑龙潭，疾驰之后，下马到茶馆里喝一杯泉水泡的茶，真是过瘾。泉就在茶馆檐外地面，一个正方的小池子，看得见泉水咕嘟咕嘟往上冒。井冈山的水也很好，水清而滑。有的水是"滑"的，"温泉水滑洗凝脂"并非虚语。井冈山水洗被单，越洗越白；以泡"狗古脑"茶，色味俱发，不知道水里含了什么物质。天下第一泉、第二泉的水，我没有喝出什么道理。济南号称泉城，但泉水只能供观赏，以泡茶，不觉得有什么特点。

有些地方的水真不好。比如盐城。盐城真是"盐城"，水是咸的。中产以上人家都吃"天落水"。下雨天，在天井上方张了布幕，以接雨水，存在缸里，备烹茶用。最不好吃的水是菏泽。菏泽牡丹甲天下，因为菏泽土中含碱，牡丹喜碱性土。我们到菏泽看牡丹，牡丹极好，但茶没法喝。不论是青茶、绿茶，沏出来一会儿就变成红茶了，颜色深如酱油，入口咸涩。由菏泽往梁山，住进招待所后，第一件事便是赶紧用不带碱味的甜水沏一杯茶。

老北京早起都要喝茶，得把茶喝"通"了，这一天才舒服。无论贫富，皆如此。一九四八年我在午门历史博物馆工作。馆里有几位看守员，岁数都很大了。他们上班后，都是先把带来的窝头片在炉盘上烤上，然后轮流用水汆坐水沏茶。茶喝足了，才到午门城楼的展览室里去坐着。他们喝的都是花茶。

北京人爱喝花茶，以为只有花茶才算是茶（北京很多人把茉莉花叫作"茶叶花"）。我不太喜欢花茶，但好的花茶例外，比如老舍先生家的花茶。

老舍先生一天离不开茶。他到莫斯科开会，苏联人知道中国人爱喝茶，倒是特意给他预备了一个热水壶。可是，他刚沏了一杯茶，还没喝几口，一转脸，服务员就给倒了。老舍先生很愤慨地说："他妈的！他不知道中国人喝茶是一天喝到晚的！"一天喝茶喝到晚，也许只有中国人如此。外国人喝茶都是论"顿"的，难怪那位服务员看到多半杯茶放在那里，以为老先生已经喝完了，不要了。

龚定庵以为碧螺春天下第一。我曾在苏州东山的"雕花楼"喝过一次新采的碧螺春。"雕花楼"原是一个华侨富商的住宅，楼是进口的硬木造的，到处都雕了花，八仙庆寿、福禄寿三星、龙、凤、牡丹……真是集恶俗之大成。但碧螺春真是好。不过茶是泡在大碗里的，我觉得这有点煞风景。后来问陆文夫，文夫说碧螺春就是讲究用大碗喝的。茶极细，器极粗，亦怪！

我还在湖南桃源喝过一次擂茶。茶叶、老姜、芝麻、米，加盐放在一个擂钵里，用硬木的擂棒"擂"成细末，用开水冲开，便是擂茶。

茶可入馔，制为食品。杭州有龙井虾仁，想不恶。裘盛戎曾用龙井茶包饺子，可谓别出心裁。日本有茶粥。《俳人的食物》说俳人小聚，食物极简单，但"唯茶粥一品，万不可少"。茶粥是啥样的呢？我曾用粗茶叶煎汁，加大米熬粥，自以为这便是"茶粥"了。有一阵子，我每天早起喝我所发明的茶粥，自以为很好喝。四川的樟茶鸭子乃以柏树枝、樟树叶及茶叶为熏料，吃起来有茶香而无茶味。曾吃过一块龙井茶心的巧克力，这简直是恶作剧！用上海人的话说：巧克力与龙井茶实在完全"弗搭界"。

烟　赋

中国人抽烟，大概始于明朝，是从外国传入的。从前的中国书里称烟草为淡巴菰，是 tobacco 的译音。我年轻时，上海人还把雪茄叫作"吕宋"。吸烟成风，盖在清代。现存的几种烟草谱，都是清人的著作。纪晓岚就是"嗜食淡巴菰"的。我的高中国文教师史先生说，纪晓岚总纂四库全书时，叫人把书页平摊在一个长案上，他一边吸烟，一边校读，围着大案走一圈，一篇"四库全书总目提要"就出来了。这可能是传闻，但乾隆年间，抽烟的人已经很多是可以肯定的。

小说《异秉》里的张汉轩说，烟有五种：水、旱、鼻、雅、潮。雅（鸦片）不是烟草所制，潮州烟其实也是旱烟的一种，中国人以前抽的烟其实只有旱烟、水烟两大类。旱烟，南方多切成丝，北方则揉碎，都是摁在烟袋锅里抽的。北方人把烟叶都称为关东烟。关东烟里的上品是蛟河烟。这是贡品，据说西太后抽的即是蛟河烟。真正的蛟河烟只产在那么一两亩地里。我在吉林抽过真蛟河烟，名不虚传！其次"亚布力"也可以，这是从苏联引进的品种。河北省过去种"易县小叶"。旱烟袋，讲究白铜锅、乌木杆、翡翠嘴。烟袋有极长的。南方老太太用的烟袋，银嘴五寸，乌木杆长至八尺，抽烟时得由别人点火。也有短的，可以插在靴掖里，称为"京八寸"。这种烟袋亦称"骚胡子"，说是公公抽烟，叫儿媳妇点火，瞅着没人看见，可以乘机摸一下儿媳妇的手。潮州的烟袋是用竹根做的，在一头挖一窟窿，嵌一小铜胎，以装烟，不另安锅。一九五〇年我在江西土改，那里的农民抽的就是这种烟，谓之"吃黄烟"。山西、内蒙人用羊腿骨做烟袋。抽这种烟得点一盏烟灯，因为一次只装很小的一撮烟，抽一口就把烟灰吹掉，叫作"一口香"，要不停地点火。云、贵、川抽叶子烟，烟叶剪成二寸许长，裹成小指粗细的烟支，可以说是自制小雪茄，但多数是插在烟锅里抽，也可算是旱烟类。我在鄂温克族地区抽过达斡尔人用香蒿籽窨制的烟，一层烟叶，一层香蒿子，阴干，烟味极佳。是用纸卷了抽的。广东的"生切"，也是用纸卷了抽的。新疆的"莫合烟"，即苏联翻译小说里常常见到的"马霍烟"，也是用纸卷了抽的。莫合烟是用烟梗磨碎制成的，不用烟叶。抽水烟应该是最卫生的，烟从水里滤过，有害物质减少了。但抽水烟很麻烦，每天涮水烟袋就很费事。水烟袋要保持洁净，抽起来才香。我有个远房舅舅，到别人家做客，都由他车夫一次带了五支水烟袋去，换着抽。此人真是个会享福的人！水烟的烟丝极细，叫作"皮丝"，出在甘肃的兰州和福建的福州。一在西北，一在东南，制法质量也极相似，奇怪！云南人抽水烟筒，那得会抽，否则嘬不出烟来。若论过瘾，应当首推水烟筒。旱烟、水烟，吸时都要在口腔内打一回旋，烟筒的烟则是直灌入肺，毫无缓冲。

　　卷烟，或称纸烟，北京人叫作烟卷儿，上海一带人叫作香烟。也有少数地方叫作洋烟的。早年的东北评剧《雷雨》里四凤夸赞周萍的唱词道："穿西服，抽洋烟，梳的本是那个偏分。"可以为证。大概在东北人眼中这些都是很时髦的。东北是"十八岁的大姑娘叼着大烟袋"的地方，卷烟曾经是稀罕东西。现在卷烟已经通行全国。抽旱烟的还有，大都是上了年纪的人，但也相对地减少了。抽水烟的就更少了，白铜镂花的水烟袋已经成为古玩，年轻人都不知道这玩意儿是干什么用的了。说卷烟是洋烟，是有道理的。因为本是从外国（主要是英国）输入的。上海一带流行的上等烟茄立克、白炮台、555……销行最广的中等烟红锡包（北方叫小粉包）、老刀牌（北方叫强盗牌）都是英国货。世界上的卷烟原分两大系。一类是海洋型，英国烟为其代表。英国烟的烟丝很细，有些烟如白炮台的烟盒上标明是 NAVYCUT，大概和海军有点关系。一类是大陆型，典型的代表是埃及烟、法国烟、苏联的白海牌（东北人叫它"大白杆"），以及阿尔巴尼亚等烟属之。抽大陆型烟的人数不多。现在卷烟分为两大派系，一类是烤烟型，即英国烟型；一类是混合型，是一半海洋型、一半大陆型烟丝的混合，美国烟大都是混合型。英国型的烟烟丝金黄，比较柔和，有烟草的自然的酸香，比较为中国人所喜欢。

后来外商和华侨在中国设厂制烟，比较重要的是英美烟草有限公司和南洋兄弟烟草公司。大前门为南洋兄弟烟草公司所出，美丽牌好像就是英美烟草公司出的。也有较小的厂出烟，大联珠、紫金山……大概是本国的烟厂所出。

我到昆明后抽过很多种杂牌烟。有一种叫仙岛牌，不记得是什么地方出的，烟味极好，是英国烤烟型，价钱也不贵。后来就再不见了，可能是因为日本兵占领了越南，滇越铁路中断，没有来源了。有一种，叫"白姑娘"，硬盒扁支，烟味很冲。有一种从湖南来的烟，抽起来有牙粉味。最便宜的烟是鹦鹉牌，十支装，呛得不得了，不知是什么树叶或草做的，肯定不是烟叶！

陈纳德的飞虎队和美国空军到昆明后，昆明市面上到处是美国烟，多是从美国军用物资仓库中流出的。骆驼牌、

老金、LUCKY STRIKE、CHESTERFIELD、PHILIP MO
–RRIS……一时抽美国烟的人很多，因为并不太贵。

云南烟业的兴起盖在四十年代初。本省的农业专家和
实业家经过研究，认为云南土壤、气候适于种烟，于是引
进美国弗吉尼亚的大金叶，试种成功。随即建厂生产卷烟。
所出的牌子有两种：重九和七七。重九当时算是高档烟，
这个牌子沿用至今。七七是中档烟，后来不生产了。

五十年代后，云南制烟业得到很大发展，云南烟的质
量得到全国公认，把许多省市的卷烟都甩到了后面去了。
云南卷烟有三大名牌：云烟、红山茶、红塔山。最近几年，
红塔山的声誉日隆，俨然夺得云南名烟的首席。说是已
经是国产烟的第一，也不为过分。我于"红塔山"得一字，
曰："醇"。

为什么红塔山能够力挫群雄，扶摇直上？首先，红
塔山有质量上好的烟叶。

当年生产的烟叶，不能当年就用，得存放一个时期，
这样杂质异味才会挥发掉。据闻英国的名牌烟的烟叶都要
存放三年。二次世界大战，存烟用尽，质量也不如以前了。
玉溪烟厂的烟叶都要存放二年至二年半。就像中药店配
制丸散一样："修合虽无人见，存心自有天知"。这个"天"
就是抽烟的人。烟叶存放了多久，抽烟的人是看不到的，
但是抽得出来。他们不知其所以然但知其然，能分辨出

烟的好坏。

对烟的评价是最具群众性的，最公平的。卷烟不能像酒一样搞评比。我们国家是不允许卷烟做广告的。现在既不能像过去的美丽牌在《申报》和《新闻报》上做整幅的广告："有美皆备，无丽弗臻"，也不能像克莱文·A一样借重梅兰芳的声誉，宣传这种烟对嗓音无害。卷烟的声誉，全靠质量，靠"烟民"的口碑。北京人有言："人叫人千声不语，货叫人点手就来"，这是假不得的。桃李不言，下自成蹊，红塔山之赢得声誉，岂虚然哉！

玉溪卷烟厂去年给国家创利税三十四亿，这是个吓人一跳的数字。

我十八岁开始抽烟，一九九一年七十一岁，抽了五十多年，从来没有戒过，可谓老烟民矣。吸烟是有害的。有人甚至说吸一支烟，少活五分钟，不去管它了！写了一首五言诗：

　　玉溪好风日，兹土偏宜烟。
　　宁减十年寿，不忘红塔山。

诗是打油诗，话却是真话，在家人也不打诳语。

食道旧寻

——《学人谈吃》序

《学人谈吃》，我觉得这个书名有点讽刺意味。学人是会吃，且善于谈吃的。中国的饮食艺术源远流长，千年不坠，和学人的著述是有关系的。现存的古典食谱，大都是学人的手笔。但是学人一般是比较穷的，他们爱谈吃，但是不大吃得起。

抗日战争以前，学人的生活是相当优裕的，大学教授一个月可以拿到三四百元，有的教授家里是有厨子的。抗战以后，学人生活一落千丈。我认识一些学人正是在抗战以后。我读的大学是西南联大，西南联大是名教授荟萃的学府。这些教授肚子里有学问，却少油水。昆明的一些名菜，如"培养正气"的气锅鸡、东月楼的锅贴乌鱼、映时春的油淋鸡、新亚饭店的过油肘子、小西门马家牛肉馆的牛肉、甬道街的红烧鸡枞……能够偶尔一吃的，倒是一些"准学人"——学生或助教。这些准学人两肩担一口，无牵无挂，有一点钱——那时的大学生大都在校外兼职，教中学、当家庭教师、做会计……不时有微薄的收入，多是三朋四友，一顿吃光。有一次有一个四川同学，家里给他寄了一件棉袍来，我们几个人和他一块到邮局去取。出了邮局，他把包裹拆了，把棉袍搭在胳臂上，站在文明街上，大声喊："谁要这件棉袍？"当场有人买了。我们几个人钻进一家小馆子，风卷残云，一会儿的工夫，就把这件里面三新的棉袍吃掉了。教授们有家，有妻儿老小，当然不能这样的放诞。有一位名教授，外号"二云居士"，谓其所嗜之物为云土与云腿，我想这不可靠。走进大西门外凤翥街的本地馆子里，一屁股坐下来，毫不犹豫地先叫一盘"金钱片腿"的，只有赶马的马锅头，教授只能看看。唐立厂 [1]（兰）先生爱吃干巴菌 [2]，这东西是不贵的，但必须有瘦肉、青辣椒同炒，而且过了雨季，鲜干巴菌就没有了，唐先生也不能老吃。沈从文先生经常在米线店就餐。巴金同志的《怀念从文》中提道："我还记得在昆明一家小饮食店里几次同他相遇，一两碗米线作为晚餐，有西红柿，还有鸡蛋，我们就满足了。"这家米线店在文林街他的宿舍对面，我就陪沈先生吃过多次米线。文林街上除了米线店，还有两家卖牛肉面的小馆子。

---

[1]　这个字读庵，不是工厂的厂。

[2]　干巴菌见本书拙文《菌小谱》。

西边那一家有一位常客，是吴雨僧（宓）先生。他几乎每天都来。老板和他很熟，也对他很尊敬。那时物价以惊人的速度飞涨，牛肉面也随时要涨价。每涨一次价，老板都得征求吴先生的同意。吴先生听了老板的陈述，认为有理，就用一张红纸，毛笔正楷，写一张新订的价目表，贴在墙上。穷虽穷，不废风雅。云南大学成立了一个曲社，定期举行"同期"。参加拍曲的有陶重华（光）、张宗和、孙凤竹、崔芝兰、沈有鼎、吴征镒诸先生，还有一位在民航公司供职的许茹香老先生。"同期"后多半要聚一次餐。所谓"聚餐"，是到翠湖边一家小铺去吃一顿馅儿饼，费用公摊。不到吃完，账已经算得一清二楚，谁该多少钱。掌柜的直纳闷，怎么算得这么快？他不知道算账的是许宝騄先生。许先生是数论专家，这点小九九还在话下！许家是昆曲世家，他的曲子唱得细致规矩是不难理解的，从俞平伯先生文中，我才知道他的字也写得很好。昆明的学人清贫如洗，重庆、成都的学人也好不到哪里去。我在观音寺一中学教书时，于金启华先生壁间见到胡小石先生写给他的一条字，是胡先生自作的有点打油味道的诗。全诗已忘，前面说广文先生如何如何，有一句我是一直记得的："斋钟顿顿牛皮菜。"牛皮菜即恭菜，茎叶可炒食或做汤，北方叫作"根头菜"，也还不太难吃，但是顿顿吃牛皮菜，是会叫人"嘴里淡出鸟来"的！

抗战胜利，大学复员。我曾在北大红楼寄住过半年，和学人时有接触，他们的生活比抗战时要好一些，但很少于吃喝上用心的。谭家菜近在咫尺，我没有听说有哪几位教授在谭家菜预订过一桌鱼翅席去解馋。北大附近只有松公府夹道拐角处有一家四川馆子，就是李一氓同志文中提到过许倩云、陈书舫曾照顾过的，屋小而菜精。李一氓同志说是这家的菜比成都还做得好，我无从比较。除了鱼香肉丝、炒回锅肉、豆瓣鱼……之外，我一直记得这家的泡菜特别好吃，——而且是不算钱的。掌勺的是个矮胖子，他的儿子也上灶。不知为了什么事，两父子后来闹翻了。常到这里来吃的，以助教、讲师为多，教授是很少来的。除了这家四川馆，红楼附近只有两家小饭铺，卖筋面炒饼，还有一种叫作"炒合菜戴帽"或"炒合菜盖被窝"的菜——菠菜炒粉条，上面摊一层薄薄的鸡蛋盖住。从大学附近饭铺的菜蔬，可以大体测量出学人和准学人的生活水平。

教授、讲师、助教忽然阔了一个时期。国民党政府改革币制，从法币改为金元券，这一下等于增加薪水十倍。于是，我们几乎天天晚上到东安市场去吃。吃森隆、五芳斋的时候少，常吃的是"苏造肉"——猪肉及下水加砂仁、豆蔻等药料共煮一锅，吃客可以自选一两样，由大师傅夹出，剁块，和黄宗江在《美食随笔》里提到的言慧珠请他吃过的爆肚,和白汤杂碎。东安市场的爆肚真是一绝,脆,嫩,绝对干净,爆散丹、爆肚仁都好。白汤杂碎,汤是雪白的。可惜好景不长,阔也就是阔了一个月光景。金元券贬值,只能依旧回沙滩吃炒合菜。

教授很少下馆子。他们一般都在家里吃饭,偶尔约几个朋友小聚,也在家里。教授夫人大都会做菜。我的师娘,三姐张兆和是会做菜的。她做的八宝糯米鸭,酥烂入味,皮不破,肉不散,是个杰作。但是她平常做的只是家常炒菜。四姐张充和多才多艺,字写得极好,曲子唱得极好,——我们在昆明曲会学唱的《思凡》就是用的她的腔,曾听过她的《受吐》的唱片,真是细腻婉转;她善写散曲,也很会做菜。她做的菜我大都忘了,只记得她做的"十香菜"。"十香菜",苏州人过年吃的常菜耳,只是用十种咸菜丝,分别炒出,置于一盘。但是充和所制,切得极细,精致绝伦,冷冻之后,于鱼肉饫饱之余上桌,拈箸入口,香留齿颊!

解放后我在北京市文联工作过几年。那时文联编着两个刊物:《北京文艺》和《说说唱唱》,每月有一点编辑费。编辑费都是吃掉。编委、编辑,分批开向饭馆。那两年,我们几乎把北京的有名的饭馆都吃遍了。预订包桌的时候很少,大都是临时点菜。"主点"的是老舍先生,执笔写菜单的是王亚平同志。有一次,菜点齐了,老舍先生又斟酌了一次，认为有一个菜不好，不要，亚平同志掏出笔来在这道菜四边画了一个方框，又加了一个螺旋形的小尾巴。服务员接过菜单，端详了一会儿，问："这是什么意思？"亚平真是个老编辑，他把校对符号用到菜单上来了！

老舍先生好客，他每年要把文联的干部约到家里去喝两次酒，一次是菊花开的时候，赏菊；一次是腊月二十三，他的生日。菜是地道老北京的味儿，很有特点。我记得很清楚的是芝麻酱炖黄花鱼，是一道汤菜。我以前没有吃过这个菜，以后也没有吃过。黄花鱼极新鲜，而且是一般大小，都是八寸。装这个菜得一个特制的器皿——瓷盝子，即周壁直上直下的那么一个家伙。这样黄花鱼才能一条一条顺顺溜溜平躺在汤里。若用通常的大海碗，鱼即会拗弯甚至断碎。老舍夫人胡絜青同志善做"芥末墩"，我以为是天下第一。有一次老舍先生宴客的是两个盒子菜。盒子菜已经绝迹多年，不知他是从哪一家订来的。那种里面分隔的填雕的朱红大圆漆盒现在大概也找不到了。

学人中有不少是会自己做菜的。但都只能做一两只拿手小菜。学人中真正精于烹调的，据我所知，当推北京王世襄。世襄以此为一乐。有时朋友请他上家里做几个菜，主料、配料、酱油、黄酒……都是自己带去。据说过去连圆桌面都是自己用自行车驮去的。听黄永玉说，有一次有几个朋友在一家会餐，规定每人备料去表演一个菜。王世襄来了，提了一捆葱。他做了一个菜：焖葱。结果把所有的菜全压下去了。此事不知是否可靠。如不可靠，当由黄永玉负责！

客人不多，时间充裕，材料凑手，做几个菜是很愉快的事。成天伏案，改换一下身体的姿势，也是好的，——做菜都是站着的。做菜，得自己去买菜。买菜也是构思的过程。得看菜市上有什么菜，捉摸一下，才能掂配出几个菜来。不可能在家里想做几个什么菜，菜市上准有。想炒一个雪里蕻冬笋，没有冬笋，菜架上却有新到的荷兰豆，只好"改戏"。买菜，也多少是运动。我是很爱逛菜市场的。到了一个新地方，有人爱逛百货公司，有人爱逛书店，我宁可去逛逛菜市。看看生鸡活鸭、鲜鱼水菜、碧绿的黄瓜、通红的辣椒，热热闹闹、挨挨挤挤，让人感到一种生之乐趣。

学人所做的菜很难说有什么特点，但大都存本味，去增饰，不勾浓芡，少用明油，比较清淡，和馆子菜不同。北京菜有所谓"宫廷菜"（如仿膳）、"官府菜"（如谭家菜、"潘鱼"），学人做的菜该叫个什么菜呢？叫作"学人菜"，不大好听，我想为之拟一名目，曰"名士菜"，不知王世襄等同志能同意否。

编者叫我为《学人谈吃》写一篇序，我不知说什么好，就东拉西扯地写了上面一些。

昆虫备忘录

复　眼

我从小学三年级"自然"教科书上知道蜻蜓是复眼，就一直捉摸复眼是怎么回事。"复眼"，想必是好多小眼睛合成一个大眼睛。那它怎么看呢？是每个小眼睛都看到一个小形象，合成一个大形象？还是每个小眼睛看到形象的一部分，合成一个完整形象？捉摸不出来。

凡是复眼的昆虫，视觉都很灵敏。麻苍蝇也是复眼，你走近蜻蜓和麻苍蝇，还有一段距离，它就发现了，噌——，飞了。

我曾经想过：如果人长了一对复眼？

还是不要！那成什么样子！

蚂　蚱

河北人把尖头绿蚂蚱叫"挂大扁儿"。西河大鼓里唱道："挂大扁儿甩子在那荞麦叶儿上"，这句唱词有很浓的季节感。为什么叫"挂大扁儿"呢？我怪喜欢"挂大扁儿"这个名字。

我们那里只是简单地叫它蚂蚱。一说蚂蚱，就知道是指尖头绿蚂蚱。蚂蚱头尖，徐文长曾觉得它的头可以蘸了墨写字画画，可谓异想天开。

尖头蚂蚱是国画家很喜欢画的，画草虫的很少没有画过蚂蚱。齐白石、王雪涛都画过。我小时也画过不少张，只为它的形态很好掌握，很好画，——画纺织娘，画蝈蝈，就比较费事。我大了以后，就没有画过蚂蚱。前年给一个年轻的牙科医生画了一套册页，有一开里画了一只蚂蚱。

蚂蚱飞起来会格格作响，不知道它是怎么弄出这种声音的。蚂蚱有鞘翅，鞘翅里有膜翅。膜翅是淡淡的桃红色，很好看。

我们那里还有一种"土蚂蚱"，身体粗短，方头，色黑如泥土，翅上有黑斑。这种蚂蚱，捉住它，它就吐出一泡褐色的口水，很讨厌。

天津人所说的"蚂蚱"实是蝗虫。天津的"烙饼卷蚂蚱"，卷的是焙干了的蝗虫肚子，河北省人嘲笑农民谈吐不文雅，说是"蚂蚱打喷嚏——满嘴的庄稼气"，说的也是蝗虫。蚂蚱还会打喷嚏？这真是"遭改"庄稼人！

小蝗虫名蝻。有一年，我的家乡闹蝗虫，在这以前，大街上一街蝗蝻乱蹦，看着真是不祥。

花大姐

瓢虫款款地落下来了，折好它的黑绸衬裙——膜翅，顺顺溜溜；收拢硬翅，严丝合缝。瓢虫是做得最精致的昆虫。

"做"的？谁做的？

上帝。

上帝？

上帝做了一些小玩意儿，给他的小外孙女儿玩。

上帝的外孙女儿？

对。上帝说："给你！好看吗？"

"好看！"

上帝的外孙女儿？

对！

瓢虫是昆虫里面最漂亮的。

北京人叫瓢虫为"花大姐"，好名字！

瓢虫，朱红的，瓷漆似的硬翅，上有黑色的小圆点。圆点是有定数的，不能瞎点。黑色，叫作"星"。有七星瓢虫、十四星瓢虫……星点不同，瓢虫就分为两大类。一类是吃蚜虫的，是益虫；一类是吃马铃薯的嫩叶的，是害虫。我说吃马铃薯嫩叶的瓢虫，你们就不能改改口味，也吃蚜虫吗？

独角牛

吃晚饭的时候，呜——扑！飞来一只独角牛，摔在灯下。它摔得很重，摔晕了。轻轻一捏，就捏住了。

独角牛是硬甲壳虫，在甲虫里可能是最大的，从头到脚，约有二寸。甲壳铁黑色，很硬。头部尖端有一只犀牛一样的角。这家伙，是昆虫里的霸王。

独角牛的力气很大。北京隆福寺过去有独角牛卖。给它套上一辆泥制的小车，它就拉着走。

北京管这个大力士好像也叫作独角牛。学名叫什么，不知道。

磕头虫

我抓到一只磕头虫。北京也有磕头虫？我觉得很惊奇。我拿给我的孩子看，以为他们不认识。

"磕头虫，我们小时候玩过。"

哦。

磕头虫的脖子不知道怎么有那么大的劲，把它的肩背按在桌面上，它就吧答吧答地不停地磕头。把它仰面朝天放着，它运一会儿气，脖子一挺，就反弹得老高，空中转体，正面落地。

蝇　虎

蝇虎，我们那里叫作苍蝇虎子，形状略似蜘蛛而长，短脚，灰黑色，有细毛，趴在砖墙上，不注意是看不出来的。蝇虎的动作很快，苍蝇落在它面前，还没有站稳，已经被它捕获，来不及嘤地叫一声，就进了苍蝇虎子的口了。蝇虎的食量惊人，一只苍蝇，眨眼之间就吃得只剩一张空皮了。

苍蝇是很讨厌的东西，因此人对蝇虎有好感，不伤害它。

捉一只大金苍蝇喂苍蝇虎子，看着它吃下去，是很解气的。蝇虎子对送到它面前的苍蝇从来不拒绝。蝇虎子不怕人。

狗　蝇

世界上最讨厌的东西是狗蝇。狗蝇钻在狗毛里叮狗，叮得狗又疼又痒，烦躁不堪，发疯似的乱蹦，乱转，乱咬人，——叫。

花

荷 花

我们家每年要种两缸荷花，种荷花的藕不是吃的藕，要瘦得多，节间也长，颜色黄褐，叫作"藕秧子"。在缸底铺一层马粪，厚约半尺，把藕秧子盘在马粪上，倒进多半缸河泥，晒几天，到河泥坼裂，有缝，倒两担水，将平缸沿。过个把星期，就有小荷叶嘴冒出来，过几天荷叶长大了，冒出花骨朵。荷花开了，露出嫩黄的小莲蓬，很多很多花蕊。清香清香的。荷花好像说："我开了。"

荷花到晚上要收朵。轻轻地合成一个大骨朵。第二天一早，又放开，荷花收了朵，就该吃晚饭了。

下雨了。雨打在荷叶上啪啪地响。雨停了，荷叶面上的雨水水银似的摇晃。一阵大风，荷叶倾侧，雨水流泻下来。

荷叶的叶面为什么不沾水呢？

荷叶粥和荷叶粉蒸肉都很好吃。

荷叶枯了。

下大雪，荷叶缸里落满了雪。

报春花·毋忘我

昆明报春花到处都有。圆圆的小叶子，柔软的细梗子，淡淡的紫红色的成簇的小花，由埂的两侧开得满满的，谁也不把它当作"花"。连根挖起来，种在浅盆里，能活。这就是翻译小说里常常提到的樱草。

偶然在北京的花店里看到十多盆报春花，种在青花盆里，标价相当贵，不禁失笑。昆明人如果看到，会说："这也卖？"

Forget-me-not——毋忘我，名字很有诗意，花实在并不好看。草本，矮棵，几乎是贴地而生的。抽条颇多，一丛一丛的。灰绿色的布做的似的皱皱的叶子。花甚小，附茎而开，颜色正蓝。蓝得很正，就像国画颜色中的"三蓝"，花里头像这样纯正的蓝色的还很少见，——一般蓝色的花都带点紫。

为什么西方人把这种花叫作 forget-me-not 呢？是不是思念是蓝色的？

昆明人不管它什么毋忘我，什么 forget-me-not，叫它"狗屎花"！

这叫西方的诗人知道，将谓大煞风景。

绣　球

绣球，周天民编绘的《花卉画谱》上说：

> 绣球　虎儿草科，落叶灌木，高达一二丈，干皮带皱。叶大椭圆形，边缘有锯齿。春月开花，百朵成簇，如球状而肥大。小花五出深裂，瓣端圆，有短柄，其色有淡紫、红、白。百株成族，俨如玉屏。

我始终没有分清绣球花的小花到底是几瓣，只觉得是分不清瓣的一个大花球。我偶尔画绣球，也是以意为之地画了很多簇在一起的花瓣，哪一瓣属于哪一朵小花，不管它！

绣球花是很好养的，不需要施肥，也不要浇水，不用修枝，也不长虫，到时候就开出一球一球很大的花，白得像雪，非常灿烂。这花是不耐细看的，只是赫然的在你眼前轻轻摇晃。

我以前看过的绣球都是白的。

我有个堂房的小姑妈——她比我才大一岁。绣球花开的时候，她就折了几大球，插在一个白瓷瓶里，她在花下面写小字。

她是订过婚的。

听说她婚后的生活很不幸，我那位姑父竟至动手打她。

前年听说，她还在，胖得不得了。

绣球花云南叫作"粉团花"。民歌里有用粉团花来形容女郎长得好看的。用粉团花来形容女孩子，别处的民歌里似还没有见过。

我看过的最好的绣球是在泰山。泰山人养绣球是一种风气。一个茶馆里的院子里的石凳上放着十来盆绣球，开得极好。盆面一层厚厚的喝剩的茶叶。是不是绣球宜浇残茶？泰山盆栽的绣球花头较小，花瓣较厚，瓣作豆绿色。这样的绣球是可以细看的。

杜鹃花

淡淡的三月天，

杜鹃花开在山坡上，

杜鹃花开在小溪旁，

多美丽哦，

乡村家的小姑娘，

乡村家的小姑娘。

　　这是抗日战争期间昆明的小学生很爱唱的一首歌。董林肯词，徐守廉曲。这是一首曲调明快的抒情歌，很好听。不单小学生爱唱，中学生也爱唱，大学生也有爱唱的，因为一听就记住了。

　　董林肯和徐守廉是同济大学的学生，原来都是育才中学毕业的。育才中学是全面培养学生才能的，而且是实行天才教育的学校。学生多半有艺术修养。董林肯、徐守廉都是学工的（同济大学是工科大学），但都对艺术有很虔诚的兴趣，因此能写词谱曲。

　　我是怎么认识他们俩的呢？因为董林肯主办了班台莱夫的《表》的演出，约我去给演员化妆，我到同济大学的宿舍里去见他们，认识了。那时在昆明，只要有艺术上的共同爱好，有人一介绍，就会熟起来的。

　　董林肯为什么要主持《表》的演出？我想是由于在昆明当时没有给孩子看的戏。他组织这次演出是很辛苦的，而且演戏总有些叫人头疼的事，但是还是坚持了下来。他不图什么，只是因为有一颗班台莱夫一样的爱孩子的心。

　　我记得这个戏的导演是劳元干。演员里我记得演监狱看守的，是刺杀孙传芳的施剑翘的弟弟，他叫施什么我已经忘记了。他是个身材魁梧的胖子。我管化妆，主要是给他贴一个大仁丹胡子。有当时有中国秀兰·邓波儿之称的小明星，长大后曾参与搜集整理《阿诗玛》，现在写小说、散文的女作家刘绮。有一次，不知为什么，剧团内部闹了意见，戏几乎开不了场，刘绮在后台大哭。刘绮一哭，事情就解决了。

刘绮，有这回事么？

前几年我重到昆明，见到刘绮。她还能看出一点小时候的模样。不过，听说已经当了奶奶了。

不知道为什么，我有时还会想起董林肯和徐守廉。我觉得这是两个对艺术的态度极其纯真，像我前面所说的，虔诚的人。他们身上没有一点明星气、流氓气。这是两个通身都是书卷气的搞艺术的人。

淡淡的三月天，

杜鹃花开在山坡上，

杜鹃花开在小溪旁……

木香花

我的舅舅家有一架木香花。木香花开，我们就揪下几撮，——木香柄长，似海棠，梗蒂着枝，一揪，可揪下一撮，养在浅口瓶里，可经数日。

木香亦称"锦栅儿",枝条甚长。从运河的御码头上船,到快近车逻,有一段,两岸全是木香,枝条伸向河上,搭成了一个长约一里的花棚。小轮船从花棚下开过,如同仙境。

前几年我回故乡一次,说起这一段运河两岸的木香花棚,谁也不知道。我有点怀疑:我是不是做梦?

昆明木香花极多。观音寺南面,有一道水渠,渠的两沿,密密地长了木香。

我和朱德熙曾于大雨少歇之际,到莲花池闲步。雨又下起来了,我们赶快到一个小酒馆避雨。要了两杯市酒(昆明的绿陶高杯,可容三两),一碟猪头肉,坐了很久。连日下雨,墙脚积苔甚厚。檐下的几只鸡都缩着一脚站着,天井里有很大的一棚木香花,把整个天井都盖满了。木香的花、叶、花骨朵,都被雨水湿透,都极肥壮。

四十年后,我写了一首诗,用一张毛边纸写成一个斗方,寄给德熙:

莲花池外少行人,

野店苔痕一寸深。

浊酒一杯天过午,

木香花湿雨沉沉。

德熙很喜欢这幅字，叫他的儿子托了托，配一个框子，挂在他的书房里。

德熙在美国病逝快半年了，这幅字还挂在他在北京的书房里。

岁朝清供

"岁朝清供"是中国画家爱画的画题。明清以后画这个题目的尤其多。任伯年就画过不少幅。画里画的、实际生活里供的，无非是这几样：天竹果、腊梅花、水仙。有时为了填补空白，画里加两个香橼。"橼"谐音圆，取其吉利。水仙、腊梅、天竹，是取其颜色鲜丽。隆冬风厉，百卉凋残，晴窗坐对，眼目增明，是岁朝乐事。

我家旧园有腊梅四株，主干粗如汤碗，近春节时，繁花满树。这几棵腊梅磬口檀心，本来是名贵的，但是我们那里重白心而轻檀心，称白心者为"冰心"，而给檀心的起一个不好听的名字："狗心"。我觉得狗心腊梅也很好看。初一一早，我就爬上树去，选择一大枝——要枝子好看，花蕾多的，拗折下来——腊梅枝脆，极易折，插在大胆瓶里。这枝腊梅高可三尺，很壮观。天竹我们家也有一棵，在园西墙角。不知道为什么总是长不大，细弱伶仃，结果也少。我不忍心多折，只是剪两三穗，插进胆瓶，为腊梅增色而已。

我走过很多地方，像我们家那样粗壮的腊梅还没有见过。

在安徽黟县参观古民居，几乎家家都有两三丛天竹。有一家有一棵天竹，结了那么多果子，简直是岂有此理！而且颜色是正红的，——一般天竹果都偏一点紫。我驻足看了半天，已经走出门了，又回去看了一会儿。大概黟县土壤气候特宜天竹。

在杭州茶叶博物馆，看见一个山坡上种了一大片天竹。我去时不是结果的时候，不能断定果子是什么颜色的，但看梗干枝叶都作深紫色，料想果子也是偏紫的。

任伯年画天竹，果极繁密。齐白石画天竹，果较疏；粒大，而色近朱红。叶亦不作羽状。或云此别是一种，湖南人谓之草天竹，未知是否。

养水仙得会"刻"，否则叶子长得很高，花弱而小，甚至花未放蕾即枯瘪。但是画水仙都还是画完整的球茎，极少画刻过的，即福建画家郑乃珖也不画刻过的水仙。刻过的水仙花美，而形态不入画。

北京人家春节供腊梅、天竹者少，因不易得。富贵人家常在大厅里摆两盆梅花（北京谓之"干枝梅"，很不好听），在泥盆外加开光丰彩或景泰蓝套盆，很俗气。

穷家过年，也要有一点颜色。很多人家养一盆青蒜。

这也算代替水仙了吧。或用大卞萝卜一个，削去尾，挖去肉，空壳内种蒜，铁丝为箍，以线挂在朝阳的窗下，蒜叶碧绿，萝卜皮通红，萝卜缨翻卷上来，也颇悦目。

广州春节有花市，四时鲜花皆有。曾见刘旦宅画"广州春节花市所见"，画的是一个少妇的背影，背兜里背着一个娃娃，右手抱一大束各种颜色的花，左手拈花一朵，微微回头逗弄娃娃，少妇着白上衣，银灰色长裤，身材很苗条。穿浅黄色拖鞋。轻轻两笔，勾出小巧的脚跟。很美。这幅画最动人处，正在脚跟两笔。

这样鲜艳的繁花，很难说是"清供"了。

曾见一幅旧画：一间茅屋，一个老者手捧一个瓦罐，内插梅花一枝，正要放到案上，题目："山家除夕无他事，插了梅花便过年"，这才真是"岁朝清供"！

人间草木

山丹丹

我在大青山挖到一棵山丹丹。这棵山丹丹的花真多。招待我们的老堡垒户看了看，说："这棵山丹丹有十三年了。"

"十三年了？咋知道？"

"山丹丹长一年，多开一朵花，你看，十三朵。"

山丹丹记得自己的岁数。

我本想把这棵山丹丹带回呼和浩特，想了想，找了把铁锹，在老堡垒户的开满了蓝色党参花的土台上刨了个坑，把这棵山丹丹种上了。问老堡垒户：

"能活？"

"能活。这东西，皮实。"

大青山到处是山丹丹，开七朵花、八朵花的，多的是。

山丹丹开花花又落，

一年又一年……

这支流行歌曲的作者未必知道，山丹丹过一年多开一朵花。唱歌的歌星就更不会知道了。

枸　杞

枸杞到处都有。枸杞头是春天的野菜。采摘枸杞的嫩头，略焯过，切碎，与香干丁同拌，浇酱油醋香油；或入油锅爆炒，皆极清香。夏末秋初，开淡紫色小花，谁也不注意。随即结出小小的红色的卵形浆果，即枸杞子。我的家乡叫作狗奶子。

我在玉渊潭散步，在一个山包下的草丛里看见一对老夫妻弯着腰在找什么。他们一边走，一边搜索。走几步，停一停，弯腰。

“您二位找什么？”

“枸杞子。”

“有吗？”

老同志把手里一个罐头玻璃瓶举起来给我看，已经有半瓶了。

“不少！”

“不少！”

他解嘲似的哈哈笑了几声。

“您慢慢捡着！”

“慢慢捡着！”

看样子这对老夫妻是离休干部，穿得很整齐干净，气色很好。

他们捡枸杞子干什么？是配药？泡酒？看来都不完全是。真要是需要，可以托熟人从宁夏捎一点或寄一点来。——听口音，老同志是西北人，那边肯定会有熟人。

他们捡枸杞子其实只是玩！一边走着，一边捡枸杞子，这比单纯的散步要有意思。这是两个童心未泯的老人，两个老孩子！

人老了，是得学会这样的生活。看来，这二位中年时也是很会生活，会从生活中寻找乐趣的。他们为人一定很好，很厚道。他们还一定不贪权势，甘于淡泊。夫妻间一定不会为柴米油盐、儿女婚嫁而吵嘴。

从钓鱼台到甘家口商场的路上，路西，有一家的门头上种了很大的一丛枸杞，秋天结了很多枸杞子，通红通红的，礼花似的，喷泉似的垂挂下来，一个珊瑚珠穿成的华盖，好看极了。这丛枸杞可以拿到花会上去展览。这家怎么会想起在门头上种一丛枸杞？

槐　花

　　玉渊潭洋槐花盛开，像下了一场大雪，白得耀眼。来了放蜂的人。蜂箱都放好了，他的"家"也安顿了。一个刷了涂料的很厚的黑色的帆布篷子。里面打了两道土堰，上面架起几块木板，是床。床上一卷铺盖。地上排着油瓶、酱油瓶、醋瓶。一个白铁桶里已经有多半桶蜜。外面一个蜂窝煤炉子上坐着锅。一个女人在案板上切青蒜。锅开了，她往锅里下了一把干切面。不大会儿，面熟了，她把面捞在碗里，加了作料，撒上青蒜，在一个碗里舀了半勺豆瓣。一人一碗。她吃的是加了豆瓣的。

　　蜜蜂忙着采蜜，进进出出，飞满一天。

　　我跟养蜂人买过两次蜜，绕玉渊潭散步回来，经过他的棚子，大都要在他门前的树墩上坐一坐，抽一支烟，看他收蜜，刮蜡，跟他聊两句，彼此都熟了。

　　这是一个五十岁上下的中年人，高高瘦瘦的，身体像是不太好，他做事总是那么从容不迫，慢条斯理的。样子不像个农民，倒有点像一个农村小学校长。听口音，是石家庄一带的。他到过很多省，哪里有鲜花，就到哪里去。菜花开的地方，玫瑰花开的地方，苹果花开的地方，枣花开的地方。每年都到南方去过冬，广西、贵州。到了春暖，再往北翻。我问他是不是枣花蜜最好，他说是荆条花的蜜最好。这很出乎我的意外。荆条是个不起眼的东西，而且我从来没有见过荆条开花，想不到荆条花蜜却是最好的蜜。我想他每年收入应当不错，他说比一般农民要好一些，但是也落不下多少：蜂具，路费；而且每年要赔几十斤白糖——蜜蜂冬天不采蜜，得喂它糖。

女人显然是他的老婆。不过他们岁数相差太大了。他五十了，女人也就是三十出头。而且，她是四川人，说四川话。我问他：你们是怎么认识的？他说：她是新繁县人。那年他到新繁放蜂，认识了。她说北方的大米好吃，就跟来了。

有那么简单？也许她看中了他的脾气好，喜欢这样安静平和的性格？也许她觉得这种放蜂生活，东南西北到处跑，好耍？这是一种农村式的浪漫主义。四川女孩子做事往往很洒脱，想咋个就咋个，不像北方女孩子有那么多考虑。他们结婚已经几年了。丈夫对她好，她对丈夫也很体贴。她觉得她的选择没有错，很满意，不后悔。我问养蜂人：她回去过没有？他说：回去过一次，一个人。他让她带了两千块钱，她买了好些礼物送人，风风光光地回了一趟新繁。

一天，我没有看见女人，问养蜂人，她到哪里去了。养蜂人说：到我那大儿子家去了，去接我那大儿子的孩子。他有个大儿子，在北京工作，在汽车修配厂当工人。

她抱回来一个四岁多的男孩，带着他在棚子里住了几天。她带他到甘家口商场买衣服，买鞋，买饼干，买冰糖葫芦。男孩子在床上玩鸡啄米，她靠着被窝用钩针给他钩一顶大红的毛线帽子。她很爱这个孩子。这种爱是完全非功利的，既不是讨丈夫的欢心，也不是为了和丈夫的儿子一家搞好关系。这是一颗很善良，很美的心。孩子叫她奶奶，奶奶笑了。

过了几天，她把孩子又送了回去。

过了两天，我去玉渊潭散步，养蜂人的棚子拆了，蜂箱集中在一起。等我散步回来，养蜂人的大儿子开来一辆卡车，把棚柱、木板、煤炉、锅碗和蜂箱装好，养蜂人两口子坐上车，卡车开走了。

玉渊潭的槐花落了。

图书在版编目（CIP）数据

草花集 / 汪曾祺著.—上海：上海三联书店，2019.3

ISBN 978-7-5426-6578-2

Ⅰ.①草… Ⅱ.①汪… Ⅲ.①散文集—中国—当代 Ⅳ.①I267

中国版本图书馆CIP数据核字（2018）第276255号

草花集

著　　者 / 汪曾祺

责任编辑 / 朱静蔚

特约编辑 / 李志卿　丁敏翔

装帧设计 / 微言视觉工坊 | 阿龙　苗庆东

监　　制 / 姚　军

责任校对 / 王文洁

出版发行 / 上海三联书店

　　　　　（200030）中国上海市徐汇区漕溪北路331号中金国际广场A座6楼

邮购电话 / 021-22895540

印　　刷 / 山东临沂新华印刷物流集团有限责任公司

版　　次 / 2019年3月第1版

印　　次 / 2019年3月第1次印刷

开　　本 / 787×1092　1/32

字　　数 / 101千字

印　　张 / 5.75

书　　号 / ISBN 978-7-5426-6578-2 / I·1481

定　　价 / 36.00元

敬启读者，如发现本书有印装质量问题，请与印刷厂联系0539-2925680。